개봉동 명탐정

개봉동 명탐정

정명섭 지음

북멘토

차례 🌐

지켜 주는 자의
목소리

내 이름은 안상태. 별명은 '혼수상태'로 개봉동에 사는 중학생이다. 어린 시절부터 고난과 역경을 겪어서 어쩔 수 없이 일찍 철이 들었고, 특히 경제관념이 투철한 편이다. 학생이 본업이고 부업으로 삼류 추리 소설가 겸 탐정인 민준혁 아저씨의 조수 노릇을 하고 있다.

오늘은 오랜만에 준혁 아저씨와 만났다. 접선 장소는 개봉역에 있는 KFC였다. 감자튀김과 콜라를 가져온 준혁 아저씨가 자리에 앉으면서 얘기를 시작했다.

"사건 의뢰가 하나 들어왔어."

"어떤 사건이요?"

"어머니 동창이 아들 문제로 골치가 아픈가 봐."

"아저씨 어머니랑 그 동창분이 친한가 봐요?"

내가 새로 온 감자튀김을 우걱우걱 씹으면서 물었다. 그러자 얼굴을 찌푸리며 준혁 아저씨가 고개를 저었다.

"가까운 사이는 아니라던데."

"그런데 왜 사건을 의뢰하라고 한 거예요?"

"나도 몰라. 암튼 안 들어줬다가는 쫓겨날 것 같아서 말이야."

"엄마가 엄청 무서우신가 봐요?"

반쯤은 부러워서 묻는 건데 준혁 아저씨는 눈치를 못 챘는지 허허 웃으면서 대답했다.

"너 우리 엄마한테 등짝 한번 맞아 볼래?"

"힘내요, 형."

"그러니까 너도 와라."

"제가 왜요?"

"탐정이 움직이면 조수도 따라와야지. 내 허락도 안 받고 명함 파서 다닐 때는 언제고 이럴 때는 발을 빼?"

"좀 있으면 시험인데요."

진짜 발을 빼고 싶었지만 얄밉게도 준혁 아저씨는 나에 대해서 너무 잘 알았다.

"엄마가 그러는데 그 집 엄청 부자래."

"언제 보기로 했어요?"

나의 재빠른 태세 전환에 준혁 아저씨는 그럴 줄 알았다는 듯 씩 웃었다.

"내일 3시까지 집으로 와라. 우리 집 어딘지 알지?"

"네."

"그나저나 진짜 골 때리는 일이면 곤란한데."

팔짱을 낀 준혁 아저씨가 걱정하는 사이 나는 남은 감자튀김을 입에 쓸어 넣고 우걱우걱 씹었다.

"인사해라. 내 고등학교 동창이야."

준혁 아저씨가 어정쩡하게 고개를 숙였다.

"안녕하세요. 민준혁이라고 합니다. 얘는 제 조수 안상태고요."

나는 잽싸게 고개를 숙였다.

"창곡중학교 2학년 안상태입니다."

공손하게 인사를 마치자 준혁 아저씨의 어머니가 흡족한 표정을 지었다. 아저씨로부터 어머니가 어마어마하게 무섭다는 얘기를 듣긴 했지만 과일도 내주고 포근한 미소로 맞이해 주시는 걸로 봐서는 준혁 아저씨에게만 무섭게 대하는 것 같았다.

아저씨네 집은 나도 처음이어서 틈틈이 시선을 돌리며 구석구석 둘러보았다. 준혁 아저씨의 어머니 친구분은 조심스러운 얼굴로 입을 열었다.

"어, 어디서부터 얘기를 해야 할지 모르겠네."

"우리 아들은 탐정이니까 잘 알아들을 거야. 걱정 말고 얘기해."

준혁 아저씨 어머니의 포근한 미소에 마음이 움직인 동창 아주머니가 기나긴 한숨과 함께 입을 열었다.

"내 늦둥이 아들 지훈이 때문이야."

"공부는 잘하고?"

"그럼. 늘 전교 10등 안에 들었지."

아주머니는 잠깐 미소를 짓더니 다시 한숨을 내쉬며 이렇게 덧붙였다.

"요즘은 뭔가에 빠져서 미쳐 있는 것 같아."

"뭐에 빠졌는데요?"

조용히 듣고 있던 내가 불쑥 끼어들자 모든 시선이 내 쪽으로 몰렸다.

"도통 모르겠어. 혹시나 해서 학교에 간 사이 방을 뒤져 봤는데 이상한 건 전혀 없었어. 아무것도 안 나왔어."

"요즘은 다 인터넷으로 보니까요. 혹시 연애하는 건 아닐까요?"

"학교 선생님한테 여쭤봤는데 그것도 아니라더라."

옆에서 듣고 있던 준혁 아저씨가 끼어들었다.

"사춘기가 되면 가끔 성적이 떨어지기도 해요."

"성적은 둘째 치고 예전에는 말을 곧잘 들었는데 요즘엔 화부터 내."

"요즘 애들은 왜 그러는지 모르겠어."

준혁 아저씨의 어머니가 끼어들자 아주머니가 맞장구를 쳤다.

"그러게 말이야. 우리 때에 비하면 얼마나 살기 편한 세상인데."

이야기가 옆으로 새자 준혁 아저씨가 얼른 또 끼어들었다.

"아드님이 왜 이상해졌는지 알아봐 달라는 말씀이시죠?"

"맞아. 올해 고3이라 아주 중요한 때잖아. 조사비인가 뭔가는 걱정하지 말고 꼭 알아봐 줘. 주변에 물어봐도 다들 모른다고 해서 고민하다가 찾아온 거야."

"일단 아드님 사진을 좀 볼 수 있을까요?"

"잠시만."

휴대폰으로 늦둥이 아들 사진을 보여 주는 아주머니의 얼굴에는 당혹감과 고통이 깃들어 있었다. 어른들이 스스로 감당할 수 없는 문제를 겪을 때의 표정이었다. 사업에 실패한 아버지 표정이 그랬고, 빚쟁이에게 시달린 어머니 표정이 그랬다.

아주머니의 하소연은 계속 이어졌다. 마흔이 다 돼서 낳은 늦둥이 아들이라 엄청 귀여워했고 공부도 잘했는데 지금은 망가져도 너무 망가졌다는 내용이었다. 같은 얘기가 반복되자 하품을 억지로 참고 있던 준혁 아저씨가 말했다.

"일단 조사를 해 보겠습니다."

옆에서 준혁 아저씨의 어머니가 거들었다.

"우리 아들만 믿어."

두 분의 얘기가 고등학교 시절로 돌아가자 준혁 아저씨와 나는 집을 나와 동네 카페로 갔다. 새로 생긴 곳이라 엄청 깔끔하고 메뉴도 많았다. 망고 에이드를 주문하고 자리에 앉았는데 의자가 불편한지 준혁 아저씨는 몸을 가만두지 못했다. 그 바람에 가뜩이나 나온 배가 출렁였고, 그 모습을 보는 나는 웃음이 터지기 직전이었다.

"상태야, 다음 주까지 홍지훈에 대해서 알아봐라."

"미행은 형 전공 아니에요?"

"이건 그렇게는 찾을 수 없을 것 같아. 그 친구 SNS를 뒤져 봐야겠어."

"홍지훈의 SNS를 해킹하라는 얘기예요?"

"못 해?"

"불법적인 일이라 좀 꺼림칙하네요."

"네가 언제부터 준법정신이 투철했다고? 그래서 안 할 거야?"

물론 진짜로 안 할 생각은 아니었다. 협상을 위해 꺼낸 카드인지라 금세 접었다.

"조사비는요?"

"인터넷 좀 뒤지는데 뭔 조사비 타령이야."

"조사도 나름 공들여서 해야 한다고요. 돈이 있느냐 없느냐에 따라서 깊이가 달라지거든요."

"지금 날 협박하는 거냐?"

"협박이 아니라 현실이라니까요."

"알았어. 착수금 받는 대로 보내 줄게. 대신 다음 주까지 깔끔하게 조사해 와."

"알았어요."

나는 속으로 얼마나 뜯어낼 수 있을까 계산하면서 에이

드를 마셨다.

조사는 다음 주까지 기다릴 필요가 없었다. 나는 집으로 돌아와서 구닥다리 컴퓨터를 켜 놓고 잠시 기다렸다. 덜덜거리며 켜진 컴퓨터가 제대로 작동하자 나는 깍지를 낀 채 목을 좌우로 꺾어 몸을 풀었다.

'이제 시작해 볼까?'

사람들은 의외로 자신의 개인 정보가 웹에 퍼져 있는 걸 인식하지 못한다. 혹여 알게 되더라도 귀찮다는 이유로 방치하곤 한다. 나는 바탕화면 구석에 있는 폴더를 클릭하고 프로그램이라는 이름이 붙은 파일을 클릭했다. 내가 동네 PC방의 성능 좋은 컴퓨터를 쓰지 않는 이유는 바로 이 프로그램 때문이다. 작년에 우연찮게 구한 이 프로그램에 검색어를 넣으면 구글링을 통해 필요한 정보들을 찾을 수 있다. 아주 초보적인 해킹 프로그램이었지만 컴맹인 준혁 아저씨의 말도 안 되는 요구를 해결하는 데 큰 도움이 되었다.

프로그램의 검색창에 홍지훈이라는 이름과 다니는 고등학교 그리고 어머니께 받은 휴대폰 번호를 차례대로 입력하고 검색 버튼을 눌렀다. 첫 번째와 두 번째 검색어는 별다른 정보를 주지 못했지만 마지막 검색어는 몇 가지

쓸 만한 정보들을 찾아냈다. 작년에 홍지훈이 중고나라 카페에서 물건을 샀던 흔적이 잡힌 것이다.

"칼?"

홍지훈이 중고나라 카페에서 구입한 물건은 작은 칼이었다. 잭나이프처럼 생긴 칼인데 버튼을 누르면 몸통 안에 있던 칼날이 튀어나왔다. 손바닥에 감출 수 있을 정도로 크기가 작았다. 이상한 데 빠져 있기는 하지만 전교 10등 안에서 놀았을 정도로 공부를 잘했던 학생이 눈독 들이기에는 적당치 않은 물건이었다. 그래서 홍지훈의 SNS를 찾아봤더니 페이스북은 하지 않았고, 인스타그램 계정에는 게시물이 달랑 두 개밖에 없었다. 블로그도 만들어 놓기만 했고, 가입한 몇몇 카페에서도 활동한 흔적은 보이지 않았다. 아직 나오지 않은 주민등록번호 대신 홍지훈의 휴대폰 번호와 자주 쓰는 번호 여러 개를 집어넣었더니 손쉽게 아이디와 비밀번호를 찾을 수 있었다. 우선 홍지훈이 쓴 이메일을 열어 보았다. '비발디23'이라는 닉네임으로 활동한 인터넷 비밀 카페가 있었다. 곧바로 이상하다는 느낌을 받았다.

'사령?'

컴퓨터에 검색어를 넣자 연관 단어들이 주르륵 떴다.

나는 눈이 휘둥그레졌다. 내친 김에 관련 카페 몇 개에 회원 가입을 했다. 그리고 준혁 아저씨에게 전화를 걸었다. 뭘 하고 있는지 전화를 받지 않던 준혁 아저씨는 한 시간 후 내게 전화를 걸어 왔다.

"미안, 글 쓰느라 휴대폰을 못 봤어. 좀 뒤져 봤어?"

"내일 오후 4시에 접선 장소에서 봐요."

"착수금 아직 못 받았는데."

"그게 문제가 아니에요."

"알았어. 내일 개봉역 KFC에서 2시에 보자."

전화를 끊고 나는 거의 밤새도록 사령 카페를 돌아다니면서 다양한 정보를 끌어모았다. 내 입에서 자연스럽게 "미친놈들"이라는 말이 튀어나왔다.

나는 약속 시간보다 좀 일찍 가서 늘 앉던 자리를 찾았다. 항상 늦는 준혁 아저씨가 웬일로 먼저 도착해 있었다. 착수금을 넉넉히 받았는지 감자튀김도 두 개나 시켜 놓았다. 기분이 좋아진 내가 감자튀김을 집어 들려고 하자 준혁 아저씨가 엄숙한 표정으로 말했다.

"상태야, 일 먼저 하자."

"아이, 감자튀김은 식으면 맛없다고요."

"네가 언제부터 그런 걸 따졌다고 그러니? 먹기 싫으면 먹지 마라."

"왜 이렇게 야박해졌어요, 형."

이러다가 진짜 못 먹을지도 모른다는 생각에 냉큼 말을 바꾸자 준혁 아저씨가 씩 웃었다.

"농담이야. 먹으면서 말해."

내가 진짜 서커스단의 동물도 아니고 이렇게 조련을 당해야 하나 화가 났지만 돈을 생각하고 꾹 참았다. 일단 감자튀김 몇 개로 허기를 달랜 다음 설명을 시작했다.

"홍지훈이 사령 카페에 가입했어요."

"사령? 그게 뭔데?"

"사령은 간단하게 얘기해서 죽은 자의 영혼을 뜻해요. 죽은 자들의 영혼이 자신을 지켜 준다고 믿는 것이죠."

"죽을 사(死)에 영혼 령(靈)을 쓰는 거야?"

"아뇨. 영혼 령은 맞는데 죽을 사가 아니라 실 사(絲)를 써요. 원래는 일본의 2ch라는 사이트에서 시작됐대요. 그게 우리나라로 건너온 거예요. 시작한 사람은 장난이었는데 넘어오는 과정에서 이런저런 설정들이 붙으면서 커져 버렸어요."

"내가 어릴 때 유행했던 분신사바 같은 건가? 주문을

외우면서 종이에 뭔가 쓰면 영혼이 찾아온다고 해서 쉬는 시간마다 모여서 난리도 아니었는데 말이야."

"그거랑 비슷한 구자방이라는 걸 그려서 사령을 소환해야 한대요. 익숙해지면 구자방을 그리지 않고도 사령을 소환할 수 있고요."

나는 공책에 사령 카페에서 봤던 구자방을 그려 보였다.

"이것 말고도 여러 가지 떠도는 얘기가 있어요. 물을 많이 마셔야 한다든가, 몇 가지 금기 사항들도 있고요."

"물은 왜 마셔야 하는데?"

"사령들이 물의 에너지를 섭취하기 때문이죠."

"진짜 이상하네. 그 사령들을 소환해서 뭘 하는데?"

"자기를 해치려는 악령을 물리쳐 준대요. 그리고 소원

을 들어준대요. 예를 들면 취업이나 연애 같은 거요."

"그런 걸 죽은 영혼이 어떻게 들어줘? 차라리 로또 번호를 알려 준다는 게 더 설득력 있겠다."

"어쨌든 2천 년대 초반까지는 꽤 인기가 있어서 인터넷에 사령 카페가 제법 많이 개설되었어요. 자칭 사령을 소환할 수 있다는 사람들의 증언도 쭉 이어졌고요. 최근 들어 한풀 꺾이기는 했지만 여전히 사령을 믿는 사람들이 많아요."

"그러니까 이런 어처구니없는 것에 홍지훈이 빠져 있단 말이지?"

"그런 거 같아요."

"공부도 잘하고 말도 잘 듣는 아이라고 했잖아?"

"그건 어머니 얘기고요. 당사자는 스트레스를 엄청 받았을 수 있어요."

"그렇긴 하지."

"그래서 자기를 이해해 주는 또 다른 존재를 찾아간 거죠."

"아무리 그래도 가족을 대신할 수 있는 건 세상에 없어."

준혁 아저씨의 꼰대 같은 말에 나는 고개를 저었다.

"어른들이 그렇게 말하니까 아이들이 자꾸 겉돌죠. 그러다가 가족처럼 대해 주는 뭔가를 만나면 금세 빠져드는 거고요. 사령이든 뭐든 말이에요."

"요즘 아이들은 도통 모르겠다."

"모르면 아는 척을 안 하면 되죠. 안다면서 자꾸 간섭을 하니까 아이들이 밖으로 나가잖아요."

눈살을 찌푸린 준혁 아저씨가 말머리를 돌렸다.

"뭐, 아무튼 그게 중요한 얘기는 아니니까."

"이제 그 아주머니한테 사령에 대해 설명해 주고 끝내면 되겠네요."

얘기를 끝낸 나는 허겁지겁 감자튀김을 먹었다.

"탐정은 그 정도에서 끝내지 않아."

"그럼요?"

"사령에서 벗어날 수 있게 도와야지."

"탐정이 왜요? 그런 건 부모님이나 선생님이 해야죠."

아저씨의 수많은 단점 가운데 하나인 오지랖이 또 발동했다고 속으로 투덜거렸지만 나는 최대한 정중하게 얘기했다. 하지만 고집불통에 이해력까지 떨어지는 준혁 아저씨는 들은 척도 하지 않았다.

"탐정은 사건을 해결해야만 해."

"일단 알아봐 달라는 거 알아봤으니까 조사비나 주세요."

"조사비만 받고 빠질래? 아니면 수고비를 나랑 반띵 할래?"

"아이, 자꾸 돈으로 유혹하지 마세요. 저는 돈의 노예가 아니라고요."

심드렁하게 대꾸했지만 바로 이어진 준혁 아저씨의 말은 귀가 번쩍 뜨일 만한 얘기였다.

"그러든지. 그 아줌마, 돈을 엄청 쓸 기세던데 말이야."

"정말이에요?"

"엄마 말이 그 집 엄청 부자래. 강남에 집이 있고, 안양인가 안산에도 땅이 있다더라. 오늘 그 아주머니가 점심때 왔는데 말이야."

준혁 아저씨가 재킷 안쪽에서 하얀 봉투를 슬쩍 꺼내 보여 주었다. 언뜻 봐도 꽤 두툼해 보였다.

"이 안에 든 게 만 원짜리 같지?"

"그럼, 설마⋯⋯."

준혁 아저씨가 징그럽게 웃더니 봉투 안에서 지폐 한 장을 뺐다.

"전부 5만 원짜리야."

"이야!"

나도 모르게 비명을 지르자 주변에 앉아 있던 사람들의 시선이 일제히 쏟아졌다. 봉투를 도로 넣은 준혁 아저씨가 짜증을 냈다.

"창피해서 못살겠다."

혹시나 아저씨의 마음이 변할까 봐 나는 잽싸게 테이블에 놓인 5만 원을 챙기면서 사과했다.

"미, 미안해요."

"암튼 이건 착수금이고 아들을 구해서 공부에 전념하게 해 주면 두 배를 더 주겠다고 했어. 절반까지는 아니어도 너한테 3분의 1은 주려고 했는데 말이야."

"아이, 조수는 끝까지 탐정이랑 같이 가야죠. 이제부터 뭘 할까요?"

"홍지훈이 활동한다는 사령 카페 좀 살펴봐."

"네."

"인터넷은 자동차의 트렁크 같은 곳이야."

"무슨 소리예요?"

"범인들은 자기가 타고 다니는 자동차 트렁크에 중요한 증거물을 놔두는 경우가 많아."

"그럼 금방 들키잖아요."

"자기 눈에 안 띄니까. 인터넷도 마찬가지야. 비밀번호를 걸어 놨다고 안심해서 이런저런 흔적들을 남겨 놓을 수 있다 이 말이야. 그러니까 비밀번호만 풀면 온갖 비밀을 다 알 수 있다, 이거지."

"그, 그거 불법인데요?"

이미 홍지훈의 아이디와 비밀번호를 다 턴 상태였지만 나는 짐짓 곤란한 척했다. 그러자 준혁 아저씨가 봉투에서 5만 원짜리 한 장을 더 꺼냈다.

"자, 이것까지 착수금이야. 해킹해서 정보 알아내면 10만 원 더 줄게. 내가 할 수 있지만, 요즘 신작을 쓰느라 워낙 바빠서 말이야."

바쁘기는. 아저씨가 컴맹인 걸 뻔히 알고 있지만 나는 순순히 맞장구를 쳐 주었다.

"그럼요. 제가 해 드려야죠. 지금 휴대폰으로 사령 카페 주소 보낼 테니까 거기 가입부터 하세요."

"홍지훈이 가입한 사령 카페?"

"네. 카페 주인장은 블레이드라는 아이디를 써요."

"뱀파이어? 사령에 흡혈귀라니, 조합이 안 맞잖아. 소설 쓸 거리는 안 되겠어."

예전부터 신작이 금방이라도 나올 것처럼 얘기했지만

24

언제 나올지는 여전히 미지수였다. 나는 매번 반복되는 추리 소설 타령에 살짝 질려서 짜증을 냈다.

"쓸 거리가 아니라 수사가 먼저잖아요. 아무튼 이 카페 상태가 좀 메롱이에요."

"죽은 자의 영혼이 자기를 지켜 준다고 믿는 애들이 멀쩡할 리 없잖아."

"그게 아니라 무슨 사이비 종교 집단 같다고요. 얼른 가입이나 하세요. 나오기 전에 전 벌써 가입했어요."

"알았어."

준혁 아저씨가 휴대폰으로 사령 카페에 가입하는 걸 지켜보는데 한숨이 나왔다. 아저씨는 카페에 가입하고 준회원이 되어 카페를 둘러보는 중이었다. 갑자기 준혁 아저씨가 코웃음을 쳤다. 홍지훈이 가입한 인터넷 카페는 비공개였고, 몇몇 핵심 가입자들은 별도의 채팅방을 가지고 있었지만 화면에 보이는 것만으로도 카페의 상태를 짐작할 수 있었다.

"야! 이 새끼들 진짜 또라이들이네. 소환술사는 또 뭐야?"

"카페 주인 블레이드를 그렇게 부르나 봐요. 어떤 과정을 거치지 않고 사령을 자유자재로 소환할 수 있다고 해서 그런 별명이 붙은 것 같아요."

"눈에 보이지도 않는 사령들을 소환하는지는 어떻게 믿는데?"

"그냥 말하는 대로 믿나 봐요."

"요즘 같은 세상에 너무 순진한 거 아냐?"

"그러게요."

준혁 아저씨와 한참 얘기를 나누고 있을 때 띠링 소리와 함께 휴대폰으로 문자 메시지가 도착했다.

- 카페 가입을 환영합니다. 가입 절차 중 하나로 저와 면담을 해야 합니다. 23일 오후 3시에 홍대 노란 바람 카페 2층에서 만나요. 블레이드

순간 흠칫했지만 오히려 기회일 수 있다는 생각이 들었다. 준혁 아저씨도 똑같은 문자를 받았는지 짜증 섞인 목소리가 들려왔다.

"면담해야 한다네? 이런 거 딱 질색인데."

원래 움직이는 건 다 싫어하지 않냐는 말이 목구멍까지 올라왔지만 꾹 참았다.

"오히려 잘됐잖아요."

"뭐가?"

"진정한 악당이 누구인지 확인할 수 있으니까요."

"몰라, 난 탈퇴할 거니까 네가 한번 만나 봐."

"알았어요."

차라리 잘됐다 싶어 홀가분했다. 블레이드에게 알겠다고 답을 보내고 준혁 아저씨에게 슬쩍 물었다.

"버거 하나만 포장해도 돼요? 소영이 주려고요."

"그래라. 감자튀김이랑 콜라도 같이 포장해."

아저씨는 역시 기분파라고 생각하며 얼른 자리에서 일어났다.

블레이드와 만나기로 한 날, 약속 시간 5분 전에 도착하고 나서야 왜 이곳을 약속 장소로 정했는지 알 것 같았다. 1층은 아주 북적거렸는데 구석의 계단을 통해 올라간 2층은 한산했다. 거기다 테이블이 있는 곳마다 칸막이가 있어서 조용하고 은밀하게 대화를 나눌 수 있었다. 테이블과 의자는 모두 은색이었고, 머리 위에는 하얀 백열등 같은 조명이 달려 있어서 누군가와 얘기를 나누면 마치 신문받는 기분이 들 것 같았다.

창가 쪽 빈자리에 앉아서 숨을 고르는데 누군가 내 쪽

으로 걸어오는 발소리가 들렸다. 직감적으로 눈치를 채고 고개를 들었다. 마침 내 앞에서 발걸음을 멈춘 남자와 눈이 마주쳤다.

"안녕하세요. 블레이드라고 합니다. 사악토끼님이신가요?"

"마, 맞습니다."

일부러 우물쭈물 대답하면서 재빨리 살펴봤다. 남자는 대략 20대 후반에서 30대 초반 나이로 보였고, 곱슬머리에 눈은 축 처지고 눈썹이 짙었다. 두툼한 턱은 두 겹으로 접혀 있고, 배도 불룩하게 튀어나왔다. 5월이라 얇은 티셔츠에 갈색 점퍼를 걸쳤는데, 튀어나온 배를 완벽하게 감추지는 못했다. 외모만 보자면 한없이 평범해서 도저히 사령 카페의 주인장 같지 않았다. 내가 이리저리 뜯어보는 동안 블레이드는 맞은편 의자에 앉아 손에 든 테이크아웃 잔을 내려놓았다.

"중학생인 것 같아서 생과일주스로 했어. 괜찮지?"

"네. 고맙습니다."

블레이드는 바로 옆 빈자리에도 김이 모락모락 나는 아메리카노 한 잔을 내려놓았다. 뜬금없는 행동에 내가 의아한 눈빛을 보내자 블레이드가 씩 웃었다.

"이건 날 따라다니는 사령 거야."

나는 알겠다는 듯 고개를 끄덕거리면서 물었다.

"근데 진짜 사령을 하나도 아니고 여럿을 데리고 다녀요?"

"그럼, 내 사령은 열세 시간마다 새로 분열을 해. 물론 내가 하지 말라고 하면 안 하지."

"늘어난 사령들은 뭘 하는데요?"

"나를 해치려는 악령과 사령이 싸울 때 도와주지."

"우아! 그럼 블레이드님 근처에는 악령이 얼씬도 못하겠네요. 블레이드님이 데리고 있는 사령은 어느 유형이에요? 악령으로부터 지켜 주는 걸 보면 노멀형 같은데요."

내 질문에 블레이드는 얼굴을 찌푸렸다.

"나는 그렇게 안 나눠. 아무거나 시킬 수 있으니까 말이야."

"진짜요?"

"난 사령을 부를 때 구자방 같은 거 안 써. 그냥 부르면 바로 오게 하는 소환술사라니까."

"짱이네요. 저는 구자방으로 해도 안 오던데요. 어떻게 하면 사령을 소환할 수 있는 건가요?"

"왜 사령을 부르고 싶은데?"

사령을 좋아한다고 하면 쉽게 넘어갈 줄 알았는데 뜻밖의 질문이었다. 나는 잠시 움찔했다. 팔짱을 낀 블레이드가 내 얼굴을 바라보면서 대답을 기다렸다.

"저, 저는 사령이 필요해요. 부모님도 안 계시고 아이들한테는 왕따를 당하고 있거든요."

"사령은 악한 영혼으로부터 널 지켜 줄 순 있지만 현실에서는 별 도움을 주지 못해. 지난번에는 사령한테 로또 번호 같은 거 알아낼 수 있냐고 하는 사람이 있더라."

나는 속으로 준혁 아저씨 같은 인간이 또 있구나 싶어 투덜거리면서 맞장구를 쳤다.

"그러게요. 사령이 하는 일이 그런 게 아니라는 건 저도 알고 있어요. 저는 말이죠, 그냥 위안을 찾고 싶어요."

"어떤 위안?"

"어릴 때부터 주변에서 제가 자꾸 불행을 부른다는 말을 들었어요. 초등학생 때는 어머니랑 점을 보러 갔더니 무당이 눈을 부릅뜨고는 어머니한테 저를 당장 버리라고 했던 적도 있다니까요. 어머니는 그냥 웃고 넘기셨지만 그 후에 일이 잘 안 풀릴 때마다 자꾸 그 무당 생각이 난다면서 한숨을 쉬시더라고요."

절반은 지어낸 얘기지만 어느 정도의 진실이 들어가 있

었다. 그런 일로 내가 의기소침해하면 아버지는 내게 우울한 표정을 짓지 말라고 호통을 치셨다. 지금은 두 분 다 안 계셔서인지 그렇게 혼나고 꾸중을 듣던 때가 그립기만 하다. 적어도 그때는 내게 관심을 주는 사람이 있었으니까.

내 말이 먹혔는지 블레이드는 의심의 눈빛을 거두고 팔짱을 풀었다.

"사령이 필요한 게 바로 너 같은 사람이야."

"그렇죠?"

"일이 안 풀리고 자꾸 꼬이는 게 악령 때문일 수 있거든. 주로 악령에 들린 가족이 괴롭히거든."

"그런 게 느껴지세요?"

내 물음에 블레이드는 실눈을 뜨고 내 주변을 둘러보았다.

"두세 마리 정도 보여. 아주 원한이 많은 것 같네."

"저는 누구를 괴롭히거나 못되게 군 적이 없는데요."

"악령은 그냥 사령이 없는 사람한테 손쉽게 달라붙어. 하나가 붙으면 둘이 붙고, 계속 악령의 숫자가 늘어나지."

"그럼 어떻게 해야 하죠? 사령을 소환해도 안 오더라고요."

"손 빙의는 해 봤니?"

"아뇨. 그게 뭔데요?"

블레이드는 그럴 줄 알았다는 표정으로 가방에서 종이와 연필을 꺼냈다.

"잘 봐."

종이를 펼쳐 놓고 그 위에 한 손으로 쥔 연필을 똑바로 세웠다. 그리고 알 수 없는 주문을 외우면서 손끝을 떨었다. 그러면서 낮은 목소리로 말했다.

"사악토끼에게 악령이 있는가?"

블레이드는 연필을 움직여서 종이 위에 동그라미를 그렸다. 나는 손을 놓은 상태에서 연필 세우는 묘기라도 보여 주는 줄 알았다. 한마디로 어처구니가 없었다. 자기 입으로 질문을 던지고 되는대로 종이에 끼적거린 것에 지나지 않았다. 이런 얕은 수로 사령의 존재를 믿게 하다니 웃기지도 않았다. 어쨌거나 내 반응은 아랑곳하지 않고 사령과 손 빙의를 하던 블레이드는 두 번째 질문을 했다.

"그럼 악령을 피할 방법은?"

이번에도 동그라미를 그릴 줄 알았는데 예상과 달리 엑스 자를 그려 나갔다. 그러다가 갑자기 연필을 놔 버렸다. 옆으로 쓰러진 연필은 컵이 있는 곳까지 굴러갔다. 연필을 놓친 블레이드가 어깨를 으쓱거렸다.

"사령은 변덕쟁이라서 말이야. 왜 사령을 소환하지 못한다고 생각하니?"

"그냥 아무런 변화가 없어서요. 어떤 징조가 있나요?"

"사령이 오면 손가락이랑 발가락이 갑자기 가려워져. 좀 더 정확하게 알고 싶으면 욕조에 물을 가득 받아 놓고 들어가 보면 돼."

"사령이 따라서 들어오나요?"

내 물음에 블레이드가 고개를 끄덕거렸다.

"몇 초 후에 풍덩 하는 소리가 들리면 사령이 들어온 거야."

"사령 카페를 돌아다녀 보니까 사령이 일본에서 건너온 거라 일본어로 주문을 외워야 소환할 수 있다고 하던데요."

"중요한 건 진정성이야. 사령한테 국적이란 게 있겠니? 한국어든 일본어든 진정성을 가지고 부르면 사령은 언제든 와. 사령을 소환하면 수명이 줄어든다고 얘기하는 녀석들도 있지?"

"네."

"그것도 거짓말이야. 사령은 별도의 영혼이기 때문에 내 영혼을 잠식하지 않아. 대신 변덕스럽기 때문에 조심해서 다뤄야 하고 물의 에너지를 섭취하기 때문에 물을 많이 마시고 몸을 깨끗이 하는 게 좋아. 사령들은 깨끗한 걸 선호하니까."

나는 속으로 거지 같다고 생각했지만 겉으로는 열심히 고개를 끄덕거렸다. 그러자 블레이드가 선심 쓰는 표정으로 말을 이어 갔다.

"사령이 계속 소환되지 않니?"

"네, 인터넷에 나오는 대로 해 봤는데 안 돼요."

"그건 네 마음이 어지러워서 그래. 급하게 소환하려고 하거나 이상한 생각을 품어서 그럴 수도 있고."

"그럼 전 사령을 소환할 수 없나요? 블레이드님은 많이 가지고 계시니까 저한테 하나 주시면 안 돼요?"

하나 달라는 얘기에 블레이드의 표정이 확 굳어졌다.

"사령은 물건이 아냐. 함부로 얘기하면 악령으로 변해서 널 두고두고 괴롭힐 거야."

"진짜요?"

블레이드는 내 물음에 대답하는 대신 자기 어깨에 손을 올려서 보이지 않는 뭔가를 쓰다듬는 시늉을 했다.

"네 얘기를 듣고 내 사령이 화를 냈어."

"어우, 미안해요."

"아무튼 넌 수련이 좀 필요할 것 같아."

"수련을 하면 사령을 소환할 수 있나요?"

"물론이지. 마음을 가다듬고 편안함을 유지하면서 간절히 원하면 구자방 같은 거 없이도 사령을 소환할 수 있어. 만약 네게 사령이 생기면 나쁜 일들을 막아 주고 악령도 퇴치해 줄 거야."

"진짜 그랬으면 좋겠어요. 그런데 수련은 어떻게 하나요?"

"2주에 한 번씩 모이니까 그때 참석해. 장소랑 시간은 문자로 알려 줄게."

"네."

"그리고 조만간 사령 축제가 열릴 거니까 열심히 해서 꼭 참석해."

"그게 뭔데요?"

"1년에 한 번 사령들이 모이는 축제야. 사령과 가까운 인간만 참석할 수 있는데 만약 사령을 소환하면 내가 가까워지게 도와줄게."

"정말요? 사령들의 축제가 어떨지 되게 궁금해요."

내가 두 손을 맞잡고 초롱초롱한 눈빛으로 말하자 블레이드가 흡족한 표정을 지었다.

"그러니까 열심히 수련해라. 알았지?"

"네, 감사합니다."

"난 이제 그만 가 볼게."

자리에서 일어난 블레이드는 자기 사령의 커피까지 들고 아래층으로 내려갔다. 그가 사라지자 나는 얼른 휴대폰을 들고 준혁 아저씨에게 전화를 걸었다.

"상태구나. 어디야?"

"좀 전에 블레이드를 만났어요."

"뭐래?"

"자기가 도와주면 사령을 소환할 수 있대요."

"설마 그 말을 진짜 믿는 건 아니지?"

"저를 어떻게 보고 그러세요. 아무튼 지금 만나 봤는데 완전 상 또라이예요."

"알았어. 우린 내일 만나서 대책을 의논해 보자."

"알겠어요."

전화를 끊고 나는 빨대로 남은 생과일주스를 다 마셨다. 아까 들었던 악령이라는 말이 머릿속을 맴돌았다. 모범생이었던 홍지훈이 사령이라는 얼토당토않은 것에 왜 빠져들었는지 얼핏 이해가 되기도 했다. 늦둥이 아들로 태어나서 아마 숨도 못 쉴 만큼의 압박과 집안 분위기에 눌려 진저리를 쳤을 것이다. 그리고 때마침 알게 된 사령이라는 존재에 거침없이 빠져들었을 것이다.

블레이드의 말대로 자신을 괴롭히는 존재가 가족이란 이름의 악령이라고 믿는 순간 말도 안 되는 사령이란 것에 빠져드는 아이들이 얼마나 차고 넘칠까. 문득 진짜 악령은 아이들을 괴롭히는 이 세상 전부일지 모른다는 생각이 들었다. 이 세상은 너무 위험했다.

"KFC 감자튀김은 왜 계속 먹어도 안 질리는지 모르겠어요."

감자튀김을 우걱우걱 먹어 대던 나는 한심한 눈으로 내 모습을 바라보는 준혁 아저씨에게 겸연쩍은 말투로 말했다. 팔짱을 낀 채 지켜보던 준혁 아저씨가 어처구니없다는 표정으로 대꾸했다.

"네가 뭘 싫어하겠냐? 어쨌든 좀 먹었으니까 얘기 좀 해 봐."

"무슨 얘기요?"

"오늘 만나자고 한 건 너였다."

"음…… 상태가 생각보다 심각했어요. 악령이니 어쩌니 하는 얘기를 손톱만큼의 거리낌도 없이 얘기하더라고요."

어린 내가 봐도 황당해 보이는 다단계에 푹 빠져서, 만류하는 식구들에게 손찌검까지 하고 큰소리를 쳤던 아버지가 그랬다. 결국 하던 사업까지 접어야 했던 아버지는 끝까지 자신의 선택이 실수였다고 인정하지 않았다. 아버지가 떠나기 전 마지막으로 남긴, 다 너희들 때문이라는 말이 떠오르자 감자튀김 맛이 느껴지지 않을 정도로 우울해졌다.

"뭔 생각하고 있냐?"

준혁 아저씨의 말에 다시 현실로 돌아온 나는 서둘러 감자튀김을 씹었다.

"잠깐 옛날 생각을 했어요. 아무튼 굉장히 위험한 존재라서 서둘러 떼어 놔야 해요."

"밖에서 기다릴 정도로 열성적인데 무슨 수로 떼어 낼수 있겠어. 그나저나 요즘 애들은 왜 그런 터무니없는 거에 빠지는 거야? 21세기에 자기를 지켜 주는 귀신이 있다고 믿다니, 참."

"어른들이 다단계나 사이비 종교에 빠져드는 것과 비슷해요."

"말도 안 돼."

"의지할 곳 없는 사람들에게 가족을 대체할 수 있는 게 생긴다면 빠져들고도 남아요."

나의 따끔한 일침에 준혁 아저씨가 움찔했다. 나는 마지막 남은 감자튀김을 케첩에 찍으면서 덧붙였다.

"사람이 어딘가에 의지하고 싶어지는 건 아이나 어른이나 마찬가지 아니겠어요."

"그렇긴 하지만 정도라는 게 있잖아."

"당사자들 마음의 깊이가 다르니까요."

준혁 아저씨는 영문을 모르겠다는 표정으로 고개를 갸웃거렸다. 나는 아저씨가 진짜 모르는 건지, 순진한 척하는 건지 알 수 없다고 생각하면서 휴대폰을 들여다봤다. 그런데 우연찮게 홍지훈이 사령 카페의 비밀 채팅창에 남겨 놓은 글이 눈에 띄었다.

"아저씨."

"왜?"

"오늘 오후에 홍지훈이랑 사령 카페 사람들이 만나나 봐요."

"어디서?"

"어제 제가 갔던 카페 근처 바람 공원이라는 곳에서요."

"몇 시에?"

"4시니까 곧 있으면 만나겠네요."

휴대폰을 들여다보면서 대답하는데 의자 끄는 소리가 들렸다. 고개를 들어 보니 준혁 아저씨가 가방을 들고 입구 쪽으로 걸어가는 중이었다. 나도 서둘러 뒤를 따라갔다.

바람 공원은 산꼭대기에 있어서 계단을 올라가야 했다. 구불구불한 계단을 올라가면서 나도 모르게 욕설이 튀어나왔다.

"아이 씨, 진짜 가파르네."

"어린놈이 뭐가 높다고 그래. 내가 너 때는 날아다녔어."

"슈퍼맨도 아니면서 어떻게 날아다녀요?"

내가 시큰둥하게 대꾸하자 준혁 아저씨는 특유의 아재 개그를 시전했다.

"그나저나 여긴 왜 바람 공원일까? 여기서들 바람을 피우나 봐."

"그 바람이 아니에요."

나는 숨을 헉헉 몰아쉬면서 계단 옆에 있는 팻말을 가리켰다.

"바람꽃이 많이 피는 곳이라 바람 공원이라고 지었다잖

아요."

"그나저나 홍대 근처에 이렇게 조용하고 으슥한 골목길이 있는 줄은 꿈에도 몰랐네."

계단이 시작되는 부분은 시끌벅적한 곳이었는데 그곳을 지나 조금 더 올라가자 미칠 듯한 고요함이 찾아왔다. 늘 도시의 소음과 함께 살아서 그런지 내 귀에는 이런 고요함이 익숙하지도 반갑지도 않았다. 앞장서 걷던 준혁 아저씨가 가쁜 숨을 몰아쉬면서 걸음을 멈췄다.

"진짜 높긴 하네. 그래도 경치는 좋다."

준혁 아저씨가 딴짓을 하는 사이 산꼭대기에서 사람들의 말소리가 들렸다. 나는 얼른 아저씨의 팔을 잡고 조용히 하라는 신호를 보냈다. 그러자 준혁 아저씨는 바짝 겁먹은 표정으로 위쪽을 가리켰다.

"걔들인가?"

"누군지 모르겠지만 일단 조심해서 올라가 봐요."

"알았어."

준혁 아저씨가 발뒤꿈치를 들고 숨죽인 채 올라갔고, 나도 그 뒤를 따라갔다.

공원까지 이어지는 구불구불한 계단을 오르며, 직선으로 만들었어도 될 계단을 굳이 이렇게 만들어 놓은 건 운동을 열심히 하라는 설계자의 배려일까 하는 생각을 했다. 아무튼 덕분에 산꼭대기의 공원에서는 아래가 보이지 않아 좀 더 수월하게 움직일 수 있었다.

계단을 올라갈수록 말소리는 점점 또렷해졌다. 그리고 마침내 계단 끝자락에 도착하자 성인 여럿이 숨을 수 있을 만큼 커다란 나무가 있었다. 나무 뒤로 몸을 숨긴 채 준혁 아저씨는 고개만 살짝 내밀고 중얼거렸다.

"무슨 공원이 이렇게 코딱지만 해."

준혁 아저씨의 말대로 코딱지까지는 아니라고 해도 공원 치고 작은 편이긴 했다. 계단 맞은편에 화장실 건물이 보이고, 주변에는 철봉을 비롯한 운동기구들이 군데군데 놓여 있었다. 화장실 옆으로 벤치들이 옹기종기 모여 있고 몇몇이 보이는데 우리가 찾고 있는 사람들 같았다. 누군지 살펴보는데 준혁 아저씨가 내 옆구리를 콕 찔렀다.

"벤치에 앉아 있는 애, 쟤 홍지훈 맞지?"

"네. 등지고 있는 게 블레이드 같아요."

"그럼 블레이드 맞은편에 서 있는 건 누구야?"

"홍지훈 뒤에 서 있는 사람 말이죠?"

"응."

"처음 봐요. 홍지훈 또래로 보이는데요."

하얀 점퍼에 녹색 야구 모자를 쓴 남자는 벤치에 앉아 있는 홍지훈을 뒤에서 내려다보고 있었다. 그 앞에 서 있는 블레이드가 흥분했는지 손을 흔들면서 뭐라고 떠들고 있었다. 홍지훈은 입을 꾹 다문 채 고개를 저었다. 블레이드의 흥분한 상태를 봐서는 대화가 잘 안 풀리는 것 같았다. 마른침을 삼킨 준혁 아저씨가 중얼거렸다.

"뭐가 어떻게 돌아가는 거야?"

그때 하얀 점퍼가 갑자기 주먹을 들어서 홍지훈의 뒤통수를 내리쳤다. 작게 비명을 내지른 홍지훈이 뒤통수를 손으로 감싼 채 고개를 숙이자 블레이드가 발로 머리를 걸어찼다. 홍지훈은 삽시간에 두 명으로부터 주먹질과 발길질을 당하면서 바닥에 넘어지고 말았다. 나는 준혁 아저씨를 바라봤다. 이미 휴대폰을 꺼내서 촬영 중이었다. 준혁 아저씨가 조용히 말했다.

"뭐 해? 혹시 모르니까 사진 몇 장 찍어 놔."

나도 얼른 휴대폰을 꺼내서 사진을 몇 장 찍었다. 폭행은 몇 분 더 이어졌다. 분이 덜 풀린 듯 블레이드는 쓰러진 홍지훈을 향해 소리를 지르더니 마지막으로 얼굴에 발길질을 하고 맞은편 계단으로 내려갔다. 폭행에 가담했던 하얀 점퍼 역시 뒤도 돌아보지 않고 블레이드를 따라갔다.

두 사람이 사라진 후 홍지훈이 일어나려고 애쓰는 게 보였다. 준혁 아저씨는 휴대폰을 주머니에 넣고 그쪽으로 걸어갔다. 누군가 다가오는 발소리를 듣자 홍지훈은 서둘러 자리를 피하려고 했다. 그걸 본 준혁 아저씨가 소리쳤다.

"지훈아! 얘기 좀 하자."

자신의 이름이 낯선 사람에게서 불리자 상처 난 얼굴로 움직이던 홍지훈이 멈칫거렸다.

"누구세요?"

준혁 아저씨는 이 중요한 순간에 명함을 찾는답시고 주머니란 주머니는 다 찔러 보았다. 참, 타이밍을 못 맞추는구나 싶어 내가 먼저 선수를 쳤다.

"저는 안상태라고 하고, 이 아저씨는 민준혁이에요. 저는 조수고 이분은 탐정이죠."

그때 늦었지만 명함을 찾아낸 준혁 아저씨가 홍지훈에게 명함 한 장을 건넸다.

"의뢰를 받아서 조사하던 중이었어."

"누구한테요?"

명함을 받아 든 홍지훈의 물음에 준혁 아저씨는 고개를 저었다.

"의뢰인의 신원은 비밀로 하는 게 원칙이라서."

"어머니죠?"

너무 쉽게 맞혀 버리는 바람에 준혁 아저씨는 입을 다물고 말았다. 결국 이번에도 내가 나서야 했다.

"어머니가 많이 걱정하고 있어요."

"날 걱정하는 게 아니라 내가 공부를 못하는 걸 걱정하고 있겠지."

"그게 그거 아니에요?"

"다르지. 어머니는 내가 형들처럼 서울대나 연고대에 못 갈까 봐 걱정하는 거라고."

나는 속으로 걱정해 줄 부모가 있는 게 얼마나 고마운 일인지 모르냐고 투덜거렸지만 내색하지는 않았다. 준혁 아저씨가 홍지훈에게 말했다.

"알았으니까 일단 앉아 봐. 코피가 나는데 괜찮아?"

"견딜 만해요."

"어떻게 된 건지 설명해 줄 수 있겠니?"

"제가 왜 두들겨 맞았는지요?"

"응."

짧게 대답한 준혁 아저씨가 조심스럽게 덧붙였다.

"우린 네가 사령에 푹 빠져 있는 줄 알았거든."

"빠져 있었죠, 한때."

"언제?"

"작년에요. 공부하느라 지쳐서 인터넷 서핑을 하다가 우연찮게 사령 카페에 들어갔죠."

"블레이드가 주인장인 카페?"

준혁 아저씨의 물음에 홍지훈이 씩 웃었다.

"그것도 아세요? 처음에는 개소리라고 생각했는데 듣다 보니까 혹하더라고요. 그래서 카페에 가입하고 열심히 사령을 불렀죠."

"그래서 사령은 왔어요?"

두 사람의 대화를 듣고 있던 내 물음에 홍지훈이 고개를 끄덕거렸다.

"왔다고 믿었지. 욕조에 풍덩 하는 소리를 들었거든."

"지금은 아니고요?"

"사실대로 말하자면 나는 악령에 시달리고 있다고 생각했어. 그래서 사령이 있으면 악령으로부터 보호를 받고 행복해질 거라고 믿었지."

"악령이 있었다고요?"

"그렇게 믿었어."

누군지 물어보려고 했는데 준혁 아저씨가 한발 빨랐다.

"어머니를 그렇게 생각했지?"

주저하던 홍지훈이 대답했다.

"네."

"그러다가 아니다 싶어서 발을 뺀 거야?"

"시키는 대로 물도 왕창 마시고 주문도 외웠는데 문득 이게 뭐 하는 짓인가 하는 생각이 들더라고요. 성적이 오르지도 않고, 엄마가 절 괴롭히는 것도 그대로였어요. 그래서 사령 카페 주인장에게 얘기했더니 엉뚱한 소리를 해서 거짓말인 걸 알았죠."

"그런데 왜 두들겨 맞았어?"

"상민이 때문에요, 오상민."

낯선 이름이 나오자 준혁 아저씨가 나를 바라봤다. 내가 말없이 고개를 젓자 그 모습을 본 홍지훈이 대답했다.

"카페에 가입한 모양이구나. 걔 아이디는 초록수박이야."

"아!"

"누군데?"

우리 둘의 대화를 듣던 준혁 아저씨가 물었다.

"블레이드 다음으로 가장 많이 활동하는 회원이 바로 초록수박이에요."

"오른팔이야?"

"아마도요."

나와 준혁 아저씨의 대화를 듣던 홍지훈이 말했다.

"아까 제 뒤통수를 때린 친구예요."

"친구인데 왜 때렸어요?"

내 물음에 홍지훈이 허탈한 표정으로 대답했다.

"상민이는 학교에서 잘 지내지 못했어. 소극적인 성격에다가 집이 그다지 부자가 아니라서 말이야. 그런 상민이가 안쓰러워서 내가 몇 번 도와주다 보니까 성격도 잘 맞아서 친구가 됐지."

그제야 홍지훈이 얘기하려는 속사정을 눈치챘다.

"형 때문에 사령 카페에 들어갔군요."

"맞아. 내가 엄청 꼬드겼어. 사령이 지켜 주면 왕따 같은 거 안 당할 거라고 말이야."

"시키는 대로 잘 했나요?"

"처음에는 말도 안 된다고 펄쩍 뛰었어. 그래서 억지로 모임에 끌고 나왔지."

"형은 나중에 정신 차리고 발을 빼려고 했는데 그 형은 못 헤어 나왔군요."

홍지훈은 내 물음에 고개를 끄덕거렸다.

"블레이드가 따로 불러서 자꾸 얘기하니까 넘어간 모양

이야. 뒤늦게 알아차렸을 때는 내 말조차 먹히지 않게 된 거야."

"그래서 빼내려고 설득하기 위해서 계속 만나고 있던 거군요."

어제 카페에서 봤던 풍경이 떠올랐다. 홍지훈은 밖에서 기다리고 있을 정도로 열성적인 측근이 아니라 친구를 빼내기 위해서 매달리는 귀찮은 존재였던 것이다. 둘의 얘기를 듣고 있던 준혁 아저씨가 끼어들었다.

"아까 걔는 널 왜 때린 거야?"

"블레이드가 시켰겠죠. 걔가 절 때리면 둘 사이를 완전히 갈라놓을 수 있을 거라고 믿었나 봐요."

"그래서 일부러 뒤에 서 있다가 신호를 받고 뒤통수를 때린 거네."

그 후로 잠시 대화가 끊어졌다. 예상에서 벗어난 전개 과정 때문이었는데 준혁 아저씨는 오히려 간단하게 정리했다.

"어쨌든 너는 발을 뺀 거라 이거지?"

"상민이를 빼낼 때까지는 아니에요."

"그 친구는 포기해. 아까 네 뒤통수를 때리는데 눈빛이 장난 아니더라."

"다 제 탓이에요. 그 친구가 떠나지 않으면 저도 못 떠나요."

홍지훈의 단호한 어조에 준혁 아저씨는 난감한 표정으로 나를 바라봤다. 나도 뾰족한 수가 없다는 뜻으로 어깨를 으쓱해 보였다. 우리 둘을 바라보던 홍지훈은 갑자기 벨소리가 들리자 주머니에서 휴대폰을 찾아 꺼냈다. 액정 화면에 뜬 발신자를 확인하더니 얼굴이 일그러졌다. 그리고 일어나서 전화를 받았다.

"네, 엄마. 어디냐고요? 학원에 가는 중이었어요. 중간에 샌 게 아니라 학교에서 늦게 끝났어요. 정말이라니까요."

홍지훈은 어디냐고 추궁하는 엄마와 통화하면서 계단을 내려갔다. 벤치에 앉아서 그 광경을 지켜보던 준혁 아저씨가 눈살을 찌푸렸다. 내가 물었다.

"어떡할 거예요?"

"쟤네 엄마한테 얘기하고 그만 손 털자. 어쨌든 뭐에 빠져 있는지는 알아냈잖아."

이런 결말을 원하지는 않았지만 물주의 뜻에 따른다는 게 내 삶의 철칙이었기 때문에 나는 곧바로 수긍했다.

"알았어요. 수고비 받으면 제 몫 챙겨 주는 거 잊지 마세요."

다음 날, 준혁 아저씨에게서 전화가 왔을 때 나쁜 예감 따위는 전혀 없었다. 그래서 휴대폰으로 들려오는 얘기에 진짜 충격을 받았다.

"야! 망했다."

"뭐가요?"

혹시나 수고비를 떼어 주는 게 싫어서 거짓말하는 게 아닌가 싶어 나도 모르게 촉각을 곤두세웠다. 준혁 아저씨 가 털어놓는 얘기는 몹시 충격적이었다.

"그 새끼가 가출했대."

"누구요?"

"누구긴, 홍지훈이지."

"그 형이 왜요?"

"몰라. 자기 엄마한테 간섭받기 싫다는 편지 한 장 써 놓고 나갔대. 휴대폰은 책상 서랍에 넣어 두고 말이야."

"며칠 전까지는 그런 기미가 전혀 없었잖아요."

"아, 씨! 걔네 엄마가 우리 집에 쳐들어와서 우리 때문 에 애가 가출했다고 난리를 피우고 갔어. 편지에는 엄마가 자기를 감시하려고 해서 못 견디겠다고 써 놨나 봐."

"뭐, 틀린 얘기는 아니잖아요."

"그렇긴 한데 그 아줌마 워낙 말발이 세서 우리 엄마도 꼼짝 못 하고 있어."

"이제 어떡해요?"

"다음 주 월요일까지는 어떻게든 학교에서 모르게 할 수 있대. 그 전까지 찾아서 데려오면 약속한 돈을 주겠대."

"그냥 포기해요. 가출까지 했는데 어떻게 잡아요?"

"야, 이건 탐정의 자존심이 걸려 있는 문제야."

그런 거 없는 거 다 안다고 얘기하고 싶었지만 혹시나 받은 돈 토해 내라 할까 봐 입을 다물었다.

"그럼 어떡하게요?"

"단서를 좀 찾아봐."

"무슨 수로요?"

"그 카페, 뭐가 있는지 좀 뒤져 봐."

별걸 다 시킨다고 투덜거렸지만 이번에도 속으로만 생각했다.

"그냥 경찰에 신고하라고 하면 안 돼요?"

"그렇게 얘기했더니 안 된대. 집안 망신이라고 말이야."

"나 참."

"며칠 안 남았으니까 얼른 찾아봐. 지금 상황에서 가출했다면 딱 한 가지 이유밖에 없어."

"오상민 때문이라고요?"

"응, 학교에 물어봤는데 그 녀석도 무단결석이야."

"둘이 같이 있거나 강제로 끌려갔을 수도 있겠네요?"

"그걸 찾아봐. 서둘러라."

자기 할 말만 하고 끊어 버리는 바람에 살짝 짜증이 났지만 이번 달 월세 생각이 나서 꾹 참았다. 동사무소에서 나온 생활비가 할머니 약값으로 거의 다 나가는 바람에 월세가 부족해서 발등에 불이 떨어진 상황이었다. 지난달, 다음에 또 밀리면 진짜 쫓아내겠다고 으름장을 놓던 주인 아줌마의 얼굴이 떠올랐다.

컴퓨터를 켜고 책상 앞에 앉았다. 홍지훈의 아이디로 접속해 사령 카페에 들어가서 비공개 방을 뒤졌다. T 프로젝트라는 이름의 방이 눈에 들어왔다. 안으로 들어가자 아이디가 몇 개 보였다.

'초록수박은 오상민이고, 그럼 의정부 꼬마는 누구야?'

아이디들 아래에는 '호신동 제일 텔레콤'이라는 이름이 적혀 있었다. 인터넷으로 검색하자 의정부 호신 2동에 같은 이름의 휴대폰 가게가 나왔다.

"대체 어떻게 돌아가는 거야?"

발등을 긁으면서 고민하는데 밖에서 소영이 목소리가
들렸다.

"오빠! 배고파!"

"알았어. 라면 끓여 줄 테니까 물 올려놔."

"응, 빨리 나와."

"대체 어떻게 돌아가는 거야?"

골목길 전봇대 뒤쪽에 어설프게 서 있던 준혁 아저씨가
며칠 전 내가 한 말을 똑같이 반복하자 나도 모르게 웃음
이 나왔다.

"왜 웃어?"

준혁 아저씨가 짜증 난 얼굴로 물었다. 나는 얼른 웃음
기를 지우고 말했다.

"아니에요. 저기가 맞는 거 같죠?"

"네 얘기대로라면 사령 카페와 어떤 연관이 있는 건 분
명해."

"겉으로 보기에는 멀쩡한데요?"

도로 건너편 큰길가에 있는 제일 텔레콤은 평범한 휴대
폰 매장이었다. 매장 한쪽에서는 대형 광고풍선이 바람을
따라 펄럭거리고 있고, 유리창에는 최신 휴대폰 광고 포스

터가 잔뜩 붙어 있었다. 사령이라는 얼토당토않은 것을 믿는 패거리들과 엮일 만한 분위기는 아니었다. 몇 시간 동안 지켜보느라 다리도 아프고 배도 고팠다. 나는 슬쩍 말을 건넸다.

"일단 돌아갔다가 내일 다시 오는 건 어때요?"

"조수가 탐정에게 먼저 철수하자는 말을 해? 날 보내고 네가 남아서 감시할 생각을 해야지."

"아니면 날도 더운데 카페 같은 데 들어가서 지켜봐요. 효율성 떨어지게 이게 뭐예요."

"알았어. 저기 2층 카페로 가자."

제일 텔레콤이 있는 큰길 맞은편 건물 2층에 카페가 있었다. 카페 안으로 들어가자마자 나는 잽싸게 창가 자리를 잡았다. 시야가 확 트여서 맞은편 거리가 잘 보였다. 뒤따라 온 준혁 아저씨는 커피를, 나는 과일주스를 주문하고 한숨 돌리는데 낯익은 얼굴이 휴대폰 매장으로 들어가는 게 보였다.

"아저씨!"

"봤어. 오상민 맞지?"

"네."

"쟤가 저길 왜 들어가지?"

"대포폰 같은 거 사려는 거 아닐까요?"

날카로운 내 추측에 준혁 아저씨는 고개를 저었다.

"여긴 집에서 한참 멀어. 가까운 곳 놔두고 굳이 여기까지 오는 건 뭔가 다른 이유가 있는 거야."

휴대폰 매장으로 들어간 오상민은 우리가 주문한 커피와 음료가 나올 즈음 밖으로 나왔다. 준혁 아저씨가 고개를 갸웃거렸다.

"이렇게 빨리 나오는 걸 보면 휴대폰을 사러 온 것 같지는 않은데?"

"그러게요."

두 시간 후에 오상민처럼 들어갔다가 바로 나오는 아이가 또 있었다. 딱히 이상해 보이는 구석은 없었지만 매의 눈으로 감시 중인 우리 눈에는 뭔가 비밀이 있어 보였다. 커피를 다 마신 준혁 아저씨가 비장한 말투로 얘기했다.

"안 되겠다. 직접 잠입해서 정보를 캐내야겠어."

"손님으로 가장해서 들어가게요?"

"가서 도청 장치를 심어 놓게."

"그런 것도 갖고 다녀요?"

놀란 나의 물음에 준혁 아저씨가 주머니에서 꺼낸 휴대폰을 흔들어 보였다. 누런 이를 드러내며 웃는데 굉장히 불길한 기운이 등골을 스치고 지나갔다.

"이건 말도 안 되는 짓이에요."

"왜? 완벽하잖아. 난 휴대폰이 고장 나서 새로 구입하러 가는 건데. 아무튼 상담을 좀 길게 받을 거야. 그러면서 도청 장치를 심는 거지."

"그런데 저는 왜 바보가 돼야 하는데요?"

"시선 끌기 몰라? 그래야 내가 도청 장치를 잘 설치하고 회수할 수 있지."

준혁 아저씨의 계획은 언제나 그렇듯 엉성하기 그지없었다. 문제는 그 계획을 실행하는 중심에 내가 있어야 한다는 점이었다.

나는 도살장에 끌려가는 개처럼 마지못해 제일 텔레콤으로 들어갔다. 유리문에 설치된 벨소리가 나자 컴퓨터 앞에 앉아 있던 40대 남자가 고개를 들었다. 남자는 자본주의가 만들어 낸 미소를 지으며 우리를 맞이했다.

"어이구, 어서 오십시오."

"휴대폰을 좀 보러 왔는데요."

"잘 오셨습니다. 마침 좋은 상품들이 들어왔는데 소개해 드리죠."

마침 접객용 둥근 테이블에는 붉은색 테이블보가 길게

깔려 있어서 그 안에 준혁 아저씨가 만든 도청 장치를 설치하기 딱 좋았다. 일단 내가 테이블 의자에 앉은 다음 카페에서 몇 번 연습한 대로 몸을 살짝 떨었다. 그러면서 알 수 없는 말들을 토해 냈다. 그 소리에 생수기에서 시원한 물을 받고 있던 사장이 힐끔 쳐다봤다. 이때다 싶었는지 준혁 아저씨가 내 머리를 쓰다듬으면서 안타까운 표정으로 말했다.

"누나 아들인데 애한테 문제가 좀 있어요."

"이런, 괜찮은 거죠?"

"큰 문제는 없는데 가끔 이상해질 때가 있어서 누나가 일을 나가면 제가 데리고 다녀요. 위험하지는 않으니까 걱정하지 마세요."

이때쯤 연기가 필요할 것 같아서 나는 몸을 부르르 떨면서 몇 마디 내뱉었다.

"위, 위험, 거, 걱정하지 마, 우 어어!"

내 연기가 적중했는지 유리 진열장 안 휴대폰을 들여다보던 젊은 여성이 뒤도 돌아보지 않고 밖으로 나가 버렸다. 사장이 안타까운 눈빛으로 잘 가라는 인사를 건넸다. 테이블에 바짝 붙어 앉아 있던 준혁 아저씨가 잽싸게 테이블보 안으로 두 손을 넣었다. 테이블 안쪽에 휴대폰을 붙여 놓고 휴대폰의 녹음 기능을 이용해 매장 안에서 오가는 대화를 도청하겠다는 아이디어였다. 언뜻 보기에는 완벽한 계획이었지만 결정적인 문제점이 있었다.

"어떻게 회수할 건데요?"

"다음 날 다시 가서."

아무리 생각해 봐도 어설프기 그지없었지만 하던 일이니 꼭 끝을 내야 한다는 준혁 아저씨의 강력한 주장에 밀리고 말았다. 사실 일이 끝나야 돈을 받을 수 있고, 그 돈으로 이번 달 월세를 내야 했기 때문이다. 그런데 접착테이프가 잘 안 붙는지 준혁 아저씨의 표정이 굳어졌다. 양손에 휴대폰을 하나씩 들고 자리로 돌아온 사장이 테이블 위에 명함을 함께 올려놓았다.

"남재환이라고 합니다. 전에는 어떤 휴대폰을 쓰셨습니까?"

"어, 그러니까……."

두 사람이 이야기를 나누는 사이 휴대폰 매장 안을 쓱 둘러봤다. 매장은 길쭉한 직사각형 형태였다. 매장 한쪽으로는 휴대폰을 전시하는 진열장이 쭉 이어졌고, 유리문과 마주 보는 자리에 사장이 보고 있던 컴퓨터가 놓여 있었다. 그 옆에는 생수기와 컵을 올려놓은 작은 테이블이 있었고, 지금 나와 준혁 아저씨가 앉아 있는 접객용 의자와 테이블이 두 개 더 보였다. 컴퓨터가 있는 자리 뒤편으로 커튼에 가려진 공간이 보였다. 나는 슬쩍 일어나 비틀거리면서 그쪽으로 움직였다. 그러자 남재환 사장이 내 팔목을 잡았다.

"거긴 위험해."

"어, 어."

나는 팔목을 잡힌 채로 슬쩍 준혁 아저씨 쪽을 돌아보았다. 준혁 아저씨와 눈이 마주쳤는데 설치를 끝냈다는 신호를 보내 왔다. 나는 손을 허리춤에 가져가면서 말했다.

"화, 화장실."

"화장실은 밖에 있어. 나가서 왼쪽."

내가 방향을 돌려서 나가자 준혁 아저씨도 서둘러 일어났다.

"같이 갔다 올게요. 애를 혼자 놔두면 안 돼서요."

서둘러 따라 나온 준혁 아저씨가 손으로 오케이 사인을 보냈다. 이 허점투성이 엉터리 계획을 성사시킨 게 기성 배우 뺨칠 만큼 실감나게 연기한 내 공로라는 걸 꼭 얘기해 주고 싶었다.

"잘했어. 저녁으로 고기나 먹으러 가자."

하지만 고기 먹으러 가자는 소리에 나는 굳이 알려 줄 필요는 없겠다고 생각했다.

다음 날, 어제보다 더 어려운 숙제가 기다리고 있었다. 준혁 아저씨가 비장한 표정으로 물었다.

"할 수 있지?"

"끝나고 고기 사 줄 거죠?"

대답 대신 고개를 끄덕거린 준혁 아저씨가 도로를 건너서 제일 텔레콤 안으로 들어갔다. 그런데 들어가자마자 문제가 생겼다. 남재환 사장의 딱딱한 표정도 문제였지만, 무엇보다 어제 휴대폰을 붙여 놓은 테이블에 다른 손님이 앉아 있었다. 예상치 못한 난관이 두 개나 있었다.

분위기가 싸하다는 걸 느낀 준혁 아저씨는 또다시 나를 제물로 삼았다.

"어제 얘가 바지에 똥을 싸는 바람에 얘기도 못 하고 급하게 돌아갔습니다."

나는 속으로 하다 하다 이제는 똥 싼 놈까지 만드는 거냐고 투덜거렸지만 내색은 못 하고 바보처럼 웃음으로 대신했다. 다행인지 불행인지 똥 얘기에 남 사장의 표정이 금방 풀어졌다. 그사이, 테이블에 앉아 있던 여자 손님이 휴대폰을 고르기 위해 자리에서 일어나 진열장 앞으로 향했다. 내가 잽싸게 그 자리를 차지하고 앉자 준혁 아저씨는 어제 휴대폰을 붙여 놓은 자리에 앉았다. 곧이어 남 사장이 들고 온 휴대폰을 테이블 위에 올려놓았다.

"어제 소개해 드리려고 했던 겁니다. 오른쪽이 지난달에 나온 신형이고, 이건 작년 말에 나온 구형이지만 아직까지 인기가 아주 좋습니다."

주머니에 돈만 있으면 당장이라도 사고 싶을 정도였다. 하지만 없던 구매 욕구도 불러일으킬 만큼 열심히 설명하는 남 사장 덕분에 준혁 아저씨의 휴대폰 수거 작전에 막대한 차질이 생겼다. 제발 좀 도와달라는 간절한 텔레파시에 결국 내가 견디지 못하고 다시 몸을 움직였다.

나는 비틀거리며 자리에서 일어나 뒤쪽 생수기 앞으로 다가갔다. 당황한 남 사장이 돌아보며 말했다.

"가지 마."

그 얘기가 끝나기 무섭게 나는 생수기 옆 테이블 위로 넘어졌다. 우당탕 소리와 함께 테이블 하나만 넘어뜨리려던 내 계획과 달리 그 옆의 생수기까지 넘어지는 돌발 상황이 이어졌다. 그리고 하필이면 생수기가 넘어지면서 분리된 생수 통이 내 머리를 정통으로 강타했다. 절반쯤 물이 차 있던 생수 통은 상당히 무거웠다. 나도 모르게 비명 소리가 터져 나왔다. 놀란 남 사장이 내 얼굴을 보고는 파랗게 질리고 말았다. 바닥에 쏟아진 물 위로 내가 흘린 코피가 물감처럼 퍼져 있었다. 게다가 입안이 터졌는지 입에서는 여전히 핏방울이 뚝뚝 떨어졌다.

"어, 임마!"

내가 큰 소리로 울자 남 사장은 더욱 당황해서 어쩔 줄 몰라 했다. 준혁 아저씨가 얼른 내 쪽으로 다가와 냅킨으로 피 묻은 얼굴을 닦아 주었다.

"야, 괜찮아?"

"일단 병원부터 가 보셔야겠습니다."

남 사장의 말에 준혁 아저씨는 그렇게 하겠다고 말하고 나를 일으켰다. 두 번이나 같은 꼴을 봐서 그런지 남재환 사장은 다시 오겠다는 준혁 아저씨의 말을 무시하고 유리문을 닫아 버렸다. 나는 근처 지하철역 화장실로 뛰어갔다. 거울을 보며 피가 난 코와 입을 닦으면서 투덜거렸다.

"내가 피까지 보면서 이래야 하는지 모르겠어요."

"수사하다 보면 불가피하게 그럴 수도 있지. 그나저나 너 연기 쩔더라. 나중에 배우해도 되겠어."

진심인지 놀리는 건지 알 수 없는 준혁 아저씨의 말에

나는 거울에 비친 내 얼굴을 들여다보면서 살짝 표정 연습을 해 봤다. 준혁 아저씨는 휴대폰에 붙어 있던 접착테이프를 떼어 낸 후 내게 말했다.

"이거 집에 가서 들어 보고 연락 줄게."

바보 연기에 피까지 봐야 했던 수사의 결과물은 이틀 후에 알 수 있었다.

"대박!"

휴대폰 너머로 들리는 준혁 아저씨 말에 내가 물었다.

"뭐 좀 건졌어요?"

"잡음이 좀 심하긴 한데 볼륨을 최대한 크게 틀어 놓으면 대충 알아들을 수 있어. 애들이 무슨 짓을 했는지 알아?"

"뭘 했는데요?"

"블레이드를 따라 가출한 애들이 휴대폰을 훔쳐서 여기에 팔았나 봐."

"뭐라고요?"

예상 밖의 얘기였다. 내 목소리가 커지자 준혁 아저씨가 가볍게 투덜거렸다.

"아무튼 가출한 애들 중에 홍지훈도 있는 것 같아. 오상민인지 누군지, 암튼 모르는 애가 비발디 어쩌고저쩌고 하는 걸 들었어."

"친구 따라 강남 간다더니 친구 따라 가출한 거네요."

"그런 셈이지. 어디서 주로 활동하는지도 나오더라."

"어디요?"

"신촌. 현대백화점 뒤쪽에서 모여 취객 휴대폰을 노리나 봐."

"그걸 가져와서 제일 텔레콤에 파는군요."

"그러게. 오늘 밤 9시까지 신촌으로 와."

"뭘 어쩌려고요?"

"나한테 좋은 계획이 있어."

믿음이 가지는 않지만 일단 들어나 봐야겠다고 생각하는데 전화가 끊겼다. 역시 어른들은 자기 할 말만 한다는 생각에 고개를 절레절레 저었다.

밤이 되면 어떤 곳은 침묵과 고요 속으로 빠져들지만 신촌은 정반대였다. 소영이의 밥을 챙겨 주느라 약속 시간보다 30분 늦게 도착한 신촌은 그야말로 대낮처럼 환했다. 네온사인과 가로등 덕분에 어둠은 흔적조차 찾기 어려웠다. 연대 쪽으로 올리가는 큰길과 그 사이사이 좁은 길

들은 시끄럽게 떠드는 사람들로 가득했다. 술에 취해 의자에 앉아 있거나 친구들의 부축을 받는 사람이 그 길 중간중간 한두 명씩은 꼭 보였다. 사람들로 가득한 큰길을 따라 현대백화점 뒤편까지 걸어가자 빨간색 이층버스가 세워진 광장이 보였다. 거기서 버스킹을 관람하고 있던 준혁 아저씨가 손을 번쩍 들었다.

"왜 이렇게 늦었어?"

"일이 좀 있어서요."

"저기 공원 두 번째 벤치에 있어."

길 건너편 공원에는 친구를 기다리거나 담배를 피우는 사람들로 가득했다. 벤치에 앉아서 편의점에서 사 온 술을 주거니 받거니 하는 무리도 보였는데, 중간쯤 위치한 벤치에 앉아 있는 아이들이 눈에 띄었다. 오상민과 홍지훈 그리고 녹색 모자를 쓴 모르는 아이가 나란히 앉아서 이야기를 하고 있었다.

"저기서 뭣들 하는 걸까요?"

"범행 대상을 물색하나 봐. 술 취한 사람들 휴대폰을 노리는 거지. 아까도 한 번 시도했다가 실패했어."

"홍지훈도 가담했나요?"

"아니, 멀리서 지켜보고 있어."

"이제 그 계획이라는 것 좀 들려주세요."

내 물음에 준혁 아저씨가 손에 들고 있던 휴대폰을 까닥거렸다.

"이걸로 범죄 현장을 촬영할 거야."

"그리고 경찰에 넘길 건가요?"

"아니, 블레이드를 협박해서 두 사람을 풀어 주게 할 거야."

지금까지의 계획 중 그나마 납득하기 쉬운 계획이었다. 나는 고개를 끄덕이는 것으로 대답을 대신했다.

그사이 오상민이 먼저 일어났다. 오상민과 함께 녹색 모자가 앞장섰고, 홍지훈이 그 뒤를 따라가면서 주변을 살폈다. 아이들이 점찍은 목표는 와이셔츠 차림의 직장인 남자였다. 목에 두른 넥타이가 삐딱하게 풀려 있고 비틀거리는 걸음걸이로 봐서는 몹시 취한 게 틀림없었다. 거기다 인적이 드문 골목길로 들어간 덕분에 최적의 목표물이었다.

준혁 아저씨가 빠른 걸음으로 따라가면서 휴대폰의 동영상 촬영 기능을 켰다. 취객이 비틀거리며 공원 뒤 골목 안으로 들어가자 오상민과 녹색 모자가 곧바로 따라갔다. 골목길 입구까지 다가간 준혁 아저씨가 고개를 쏙 내밀었다가 휴대폰을 들고 촬영을 시작했다. 그리고 잠시 후 의기양양한 목소리로 내게 말했다.

"메시지 보내라."

"누구한테요?"

"블레이드한테. 내일 지난번에 봤던 그 공원에서 보자고 말이야."

"만나서 결투라도 하게요?"

"그런 건 뇌가 없는 탐정들이나 하는 거고, 원래 탐정은 말이야……."

잠시 말을 멈춘 준혁 아저씨는 아주 거만한 표정으로 자기 머리를 톡톡 쳤다.

"이걸로 승부해."

순간 나는 영화 속 인물로 빙의해서 한마디 하고 말았다. 물론 속으로만.

'어이가 없네.'

내 속마음을 전혀 눈치채지 못했는지 준혁 아저씨가 말을 이어 갔다.

"그리고 저 녀석 정체도 알겠어."

"뭔데요?"

"진모태."

진모태라는 이름을 듣는 순간 정신이 번쩍 들었다.

"진모태라면 모리어티 클럽의 수장이라고 했던 사람 아니에요?"

"맞아. 범죄의 배후 조종자이자 진정한 악이지."

"그런데 왜 블레이드가 진모태라고 생각한 거예요?"

"사람들을 지배하고 있잖아. 진모태, 그자의 가장 큰 특징이야."

"블레이드는 미친 거지 똑똑한 건 아니에요."

나는 말도 안 된다는 듯 고개를 저었다. 블레이드는 진짜 사령에 빠진 미친놈이었다. 반면, 직접 만나 본 적은 없지만 진모태는 냉정하고 차갑게 계산을 하는 존재라고 느꼈다. 무엇보다 정체를 숨겨 오던 그가 이렇게 쉽게 자신을 드러내지 않을 거라는 생각이 들었다. 하지만 준혁 아저씨는 고집을 꺾지 않았다.

"딱 보면 알아. 그놈이 진모태와 비슷해. 사람들을 조종해서 범죄를 일으키잖아."

무시무시할 만큼 확신에 가득 찬 아저씨의 모습을 보고 나는 고개를 절레절레 저었다. 내가 보기에는 정체를 숨기고 활동하는 진모태가 준혁 아저씨보다 몇 배는 더 똑똑해 보였다. 그런데 문득 궁금한 것이 생겼다.

"만약 블레이드가 진모태라면 어떡할 거예요?"

"자백을 받아서 공개해야지. 그놈 하나 때문에 셜로키언들이 얼마나 피눈물을 흘렸는데."

"어떻게요?"

"함정을 파 놓고 추리를 하게 해서 틀리면 그 사실을 공개해서 개망신을 주는 거지. 그 충격으로 셜로키언의 길을 포기한 사람들이 한둘이 아니야."

나는 그건 추리를 잘못한 셜로키언들의 문제가 아닌가 싶었지만 아직 돈을 받지 못했기 때문에 얌전히 듣고만 있었다. 혼자서 전의를 불태운 준혁 아저씨가 말했다.

"메시지 보내고, 연락 오면 나한테 얘기해라. 그놈과 담판을 지으면서 정체를 까발려 버릴 거니까."

"알았어요."

밤늦게 집으로 돌아온 나는 라면으로 야식을 해결하고 블레이드에게 메시지를 보냈다. 답장은 따로 없었지만 수신 확인이 되어 있었다. 블레이드에게 메시지를 보낸 직후, 요양병원에 간 할머니가 집에 돌아오고 싶다는 연락을 해 왔다. 하지만 나는 그냥 잘 쉬시라는 얘기만 남겨 놓고 별다른 답을 하지 않았다. 미안한 얘기지만 보호자가 필요한 순간을 제외하고 할머니는 우리에게 오히려 걸림돌이나 마찬가지였다. 늘 술에 취해서 소영이를 붙잡고 같이 죽자며 괴롭혔고, 동사무소에서 나오는 지원금을 아버지에게 준다고 꽁꽁 숨겨 놔서 어린 소영이와 나는 매일같이 라면만 먹어야 했다.

어른들은 스스로 삶을 지옥으로 만들어 놓고 거기에 나와 소영이 같은 아이들을 빠트린다. 어른들은 그곳이 지옥인 줄 이미 알고 있지만 아이들은 전혀 모른다. 처음 태어날 때부터 쭉 그랬으니까. 그렇게 생긴 마음의 상처는 절대 치유되지 않는다. 아니, 시간이 지나고 어른이 될수록 더욱더 커져 간다. 그래서인지 사령 카페에 빠져서 가출팸에 들어가는 아이들의 심정이 어떨지 이해가 갔다. 그리고 그런 아이들을 이용해 돈벌이를 하는 블레이드는 더 미웠다.

다음 날, 약속 시간이 되자 준혁 아저씨는 숨을 몰아쉬면서 공원에 나타났다. 미리 와 있던 내가 아는 척을 하자 헉헉거리며 물었다.

"그 녀석은?"

아직 안 왔다고 말하려는데 반대편 계단에서 블레이드가 모습을 드러냈다. 천천히 계단을 올라온 블레이드는 내 얼굴을 보고 옆에 선 준혁 아저씨의 모습을 확인하더니 표정이 일그러졌다. 준혁 아저씨가 손을 번쩍 들면서 큰 소리로 외쳤다.

"어이! 진모태!"

그 소리에 블레이드가 고개를 저었다.

"사람 잘못 봤습니다."

"그거야 차차 밝혀질 거고. 나보다 어린 것 같으니까 말 놓을게."

"누구십니까?"

블레이드 앞으로 다가간 준혁 아저씨가 대답 대신 명함 한 장을 폼 나게 꺼내서 던졌다. 블레이드가 바닥에 떨어진 명함을 주워서 천천히 읽었다.

"탐정 겸 작가? 셜로키언은 또 뭡니까?"

"셜록 홈스를 지지하는 사람들을 뜻해."

"무슨 일인지는 모르겠지만 사령에 관한 일이 아니라면 전 이만 돌아가겠습니다."

"바로 그 사령 때문에 찾아온 거야. 홍지훈이랑 오상민 알지?"

"그럼요."

블레이드는 명함을 챙기며 대답했다. 준혁 아저씨가 팔짱을 낀 채 말했다.

"두 사람을 놔 줘. 그럼 사령이든 오령이든 뭘 팔고 다니든 신경 쓰지 않을게."

"홍지훈은 악령에 물들어서 사령을 믿지 않아요. 제가 상민이를 시켜서 보호 중입니다."

"요즘 같은 세상에 그런 걸로 사기 치고 다니는 거 쪽팔리지도 않아?"

"탐정도 아직은 불법 아닌가요?"

블레이드에게 한 방 먹은 준혁 아저씨의 표정을 보니 멘탈이 흔들리고 있었다. 그사이 블레이드가 더 치고 들어왔다.

"저는 그 아이들을 유혹하거나 협박한 적이 없어요. 그냥 제 발로 절 찾아왔고, 사령을 믿은 겁니다. 왜 그런지 아십니까?"

그가 나지막한 목소리로 덧붙였다.

"가정과 학교에서 행복을 찾지 못했으니까."

그 얘기를 들은 준혁 아저씨가 코웃음을 쳤다.

"있지도 않은 유령 따위를 팔아먹는 주제에 거창하게 큰소리치기는. 아무튼 좋은 말로 할 때 애들 놔 줘."

"거듭 말씀드리지만 제 뜻대로 할 수 있는 게 아닙니다. 제 역할은 악령으로부터 두 아이를 보호하는 겁니다."

"이번에 쇠고랑 한번 차 볼래? 내가 아는 형사들이 제법 되는데 말이야."

"저는 두 아이에게 돈을 뜯거나 불법적인 일을 시킨 적이 없습니다."

"사령이 거짓말하지 말라고는 안 가르쳐 주나 봐."

준혁 아저씨의 말에 블레이드가 움찔했다. 그러자 아저씨는 주머니에서 휴대폰을 꺼내서 살살 흔들어 대며 또한 번 비아냥거렸다.

"대신 아이들한테 휴대폰을 훔치라고 시켰지. 취객들 휴대폰 훔쳐서 어디에 팔아넘겼는지도 다 알아."

블레이드는 여전히 입을 꾹 다물었다. 그리고 잠깐 동안 침묵의 신경전이 이어지다가 마침내 그가 굴복했다.

"원하는 게 뭡니까?"

"두 사람과 관계를 끊고 다시는 연락하지 마."

"얘기는 하겠습니다만……."

블레이드가 말하고 있는데 준혁 아저씨가 끊어 버렸다.

"안 먹혔다고 하려는 거지."

그 얘기를 듣는 순간, 속으로 좀 너무하다는 생각이 들었다. 블레이드 역시 고개를 저었다.

"저는 사령에 대한 제 믿음을 저버릴 수 없습니다."

"네가 사령을 믿는지 안 믿는지는 관심 없어. 그러니까 사령 놀이는 방구석에서 너 혼자 해. 아이들이 행복하지 않다고, 너 같은 사기꾼한테 속아서 가출하고 그걸로도 부족해 범죄까지 저지르는 건 내가 두 눈 뜨고 못 보겠으니까 말이야."

블레이드 앞으로 걸어간 준혁 아저씨가 손가락 두 개를 펴 보였다.

"이틀 주겠어. 그 안에 내가 말한 대로 하지 않으면 이 동영상을 경찰서에 가져가거나 유튜브에 풀어 버릴 거야."

아랫입술을 질끈 깨문 블레이드가 작게 고개를 끄덕거렸다.

"좋습니다. 시키는 대로 하죠."

"말로만 하지 말고, 내가 보는 앞에서 직접 얘기해."

블레이드가 별다른 대답을 하지 않자 준혁 아저씨는 자신감을 얻었는지 한 걸음 더 앞으로 나갔다.

"이틀 안에 내 조수한테 연락해."

얘기를 끝낸 준혁 아저씨는 멋있게 폼을 잡고 돌아섰다. 그걸 지켜보던 블레이드가 나에게 다가왔다.

"날 속인 걸 용서하마. 하지만 사령에 대한 믿음은 포기하지 마라. 사령이 널 지켜 줄 거야."

그 얘기를 듣는 순간 아무에게도 보호받지 못하는 나와 여동생 소영이의 처지가 생각났다. 나는 화가 치밀어 올라 쏘아붙였다.

"씨발, 그놈의 사령 엿 먹으라 그래요."

"사령이 듣는다."

"그런 소리 듣기 싫으면 악령 같은 어른들이나 좀 잡아 가라고 하세요."

나는 뒤도 안 돌아보고 준혁 아저씨를 뒤따랐다. 독설을 퍼부었지만 마음속 상처는 쉽게 아물지 않았다.

다음 날 블레이드에게서 문자 메시지가 왔다. 어제 만난 곳으로 오후 3시까지 오상민과 홍지훈을 데리고 나올 테니 탐정 혼자 나오라는 내용이었다. 그대로 준혁 아저씨에게 전송해 주자 뛸 듯이 기뻤다. 하지만 준혁 아저씨와 블레이드가 만나기로 한 시간이 다가오자 불안감이 슬슬 밀려왔다. 소영이에게 점심을 챙겨 주고 옷을 갈아입었다. 그리고 문단속을 잘하라는 말을 남기고 밖으로 나왔다. 마을버스를 기다리는 동안 휴대폰을 꺼내서 메시지를 보냈다.

- 어디예요?

휴대폰을 보고 있었는지 답이 금세 왔다.

- 가고 있는 중.
- 약속 장소가 바람 공원이죠?
- 네가 거기라고 전달해 줬잖아.
- 거긴 대낮에도 사람이 없어서요.
- 조용해서 얘기 나누기 좋은 곳이니까.
- 지금 가고 있으니까 저랑 같이 가요.
- 블레이드가 혼자 오라고 했잖아. 나 혼자 만날게.
- 그래도요.
- 그럼 홍대역에서 기다려. 만나고 나서 저녁 사 줄게.
- 알았어요.
- 끝나고 전화할게.

마을버스와 전철을 타고 홍대역에 내리자 수많은 인파가 보였다. 그 사이를 뚫고 바람 공원으로 향했다. 준혁 아저씨는 역에서 기다리라고 했지만 아무래도 불안했다. 골목길을 지나 계단이 보였다. 가파른 계단을 올라가야 한다는 사실에 잠시 짜증이 났지만 잠자코 계단을 오르기 시작했다. 삐걱거리는 계단을 밟으면서 생각에 잠겼다. 내가 준혁 아저씨에게 돈만 아는 되바라진 꼬마가 된 것도 그렇고 할머니에게 버르장머리 없는 손자가 된 것도 결국은 나와 소영이를 지키기 위해서였다. 어른들로부터 보호받지 못하는 아이들은 스스로 어른이 되거나 혹은 어딘가로 도망칠 수밖에 없다. 홍지훈이 사령에 빠져들고, 오상민이 여전히 헤어 나오지 못하고 있듯이 말이다.

힘들어도 참고 견디면 좋아질 거라고 어른들은 입버릇처럼 말하지만 나 같은 아이들은 어른이 된다고 해도 좋아지지 않을 거라는 사실을 잘 알고 있다. 홍지훈의 어머니 또한 아들을 사랑하고 보호하려는 게 아니라 성적이 저조해져서 조사를 의뢰한 게 아닌가. 물론 나한테는 그런 부모조차 없지만 말이다. 고민이 깊어지면서 발걸음도 조금씩 느려졌다. 잠시 숨을 고르며 휴대폰을 꺼냈더니 그사이 준혁 아저씨한테 메시지가 와 있었다.

- 분위기 썰렁.
- 만났어요?

꼰대답게 늘 완성형 문장을 쓰던 준혁 아저씨답지 않은 메시지였다. 거기다 메시지를 읽지 않았는지 글자 앞에 숫자 1이 사라지지 않았다. 고개를 갸웃거리던 나는 서둘러 공원에 도착했다. 지난번에 블레이드와 오상민이 홍지훈을 두들겨 패던 광경을 목격한 자리로 가서 나무 뒤에 숨었다. 공원 안을 둘러보는데 준혁 아저씨와 블레이드가 화장실 옆 벤치 쪽에 서서 서로를 노려보고 있었다.

블레이드가 벤치 앞에 서 있고, 체크 셔츠를 입은 준혁 아저씨는 한쪽 어깨에 가방을 맨 채 서 있었다. 오상민은 블레이드 옆에 서 있었다. 그리고 처음 보는 남자아이 한 명이 또 있었다. 거리가 좀 있어서 말소리가 제대로 들리지 않았지만 한창 얘기를 나누는 것 같았다. 준혁 아저씨가 흥분했는지 목소리가 좀 컸고, 중간중간 손짓이 허공을 갈랐다. 희미하게나마 왜 딴소리를 하냐며 따지는 듯한 소리가 들렸다. 일이 잘 안 풀리는구나, 생각하는데 오상민이 천천히 준혁 아저씨 쪽으로 움직였다. 뭔가 불안한 느낌이 들어서 허리를 숙인 채 벤치 쪽으로 빙 돌아갔다. 최대한 들키지 않고 가까이 가자 알아들을 수 있을 정도의 말소리가 들렸다. 나는 가만히 고개를 내밀고 집중했다. 흥분한 준혁 아저씨의 목소리가 들렸다.

"왜 얘기가 다른데?"

블레이드의 대답은 잘 들리지 않았지만 준혁 아저씨의 마음에 들지 않았는지 고래고래 소리를 질렀다.

"진짜 콩밥 좀 먹어 보고 싶어? 그래, 소원대로 해 줄까?"

준혁 아저씨가 너무 흥분한 것 같다고 생각하는 순간 블레이드가 데려온 낯선 남자아이가 준혁 아저씨에게 다가가 한 손으로 가볍게 어깨를 밀쳤다. 화내지 말라는 동작 같았는데 그게 오히려 더 화를 돋웠다.

"야! 손대지 마!"

그때 남자아이가 번개처럼 빠른 동작으로 바지 주머니에서 끈을 꺼내더니 뒤에서 준혁 아저씨의 목을 감아 버렸다. 갑자기 공격을 당한 준혁 아저씨는 컥컥거리면서도 손을 들어 끈을 풀려고 애썼지만 쉽지 않았다. 그 틈에 주머니에서 칼을 꺼낸 오상민이 앞으로 다가왔다. 준혁 아저씨는 손을 내저으면서 발버둥을 쳤다. 오상민이 주저하는 표정으로 뒤에 있는 블레이드를 바라봤다. 블레이드가 말하는 소리가 들렸다.

"악령을 처단해!"

블레이드의 얘기를 들은 오상민이 결심을 굳힌 표정으

로 준혁 아저씨의 배와 가슴을 마구 찔러 댔다. 먼발치에서 봤지만 준혁 아저씨의 몸에서 피가 분수처럼 뿜어졌다. 숨어서 지켜보던 나는 부들부들 몸을 떨었다. 뛰쳐나가서 말리고 싶었지만 몸이 말을 듣지 않았다. 워낙 순식간에 벌어진 일이었다. 버둥거리던 준혁 아저씨는 연거푸 칼에 찔리자 축 늘어지고 말았다. 오상민은 피가 뚝뚝 떨어지는 칼을 멀리 숲 쪽으로 내던져 버렸다. 흡족한 표정을 지은 블레이드가 오상민과 다른 아이에게 뭔가 지시를 내리는 듯했다. 그러고는 몸을 돌려 그 자리를 떠났다. 블레이드가 사라지자마자 나는 벌떡 일어나 뛰쳐나갔다.

"이 살인자들아!"

내 목소리를 들은 오상민과 다른 남자아이는 깜짝 놀랐다. 황급히 끈을 감춘 남자아이가 뒷걸음질을 쳤다. 나는 부들부들 떨리는 목소리로 말했다.

"어, 어떻게 사람을 죽일 수 있는 거야!"

대답은 낯선 남자아이가 했다.

"사, 사령을 지키기 위해서 어쩔 수 없었어."

반면 직접 살인을 저지른 오상민은 너무나 편안하고 홀가분한 표정이었다. 나는 그에게 따져 물었다.

"이제 홀가분해요?"

"편안하긴 해."

아무렇지도 않다는 표정으로 대꾸한 오상민이 손에 묻은 피를 물끄러미 바라보았다.

"이제 소원대로 사령과 함께 지낼 수 있겠네요."

내 비아냥거림에 오상민이 깊게 한숨을 쉬었다.

"악령을 없애야 한다고 해서 시키는 대로 했을 뿐이야."

우리 둘의 대화를 듣고 있던 낯선 남자아이가 끼어들었다.

"형, 어서 시체부터 치우고 여길 떠요."

"시체를 무슨 수로 치우려고?"

오상민의 물음에 상대방이 대꾸했다.

"공원이니까 숲에 파묻어 버려요. 그러려고 삽도 가져왔어요."

그 얘기를 듣고 나는 어이가 없어서 오상민에게 물었다.

"블레이드는 뭐라고 하고 갔어요?"

"우리더러 잘 처리하라고, 자기는 여기 없었던 거라고 말하더라."

"한마디로 정리하면, 두 사람을 살인범으로 만들고 자기만 빠져나간 거네요."

"부천에 가면 사령을 믿는 사람들이 있으니까 그 사람

들한테 도움을 받으라고 했어."

그 얘기를 들은 나는 어이가 없어서 되물었다.

"그게 누군데요?"

"몰라. 거기 가면 사람들이 날 기다리고 있을 거라고 말한 게 전부야."

낯선 남자아이는 나와 얘기를 나누는 오상민에게 말했다.

"상민이 형! 쟤도 목격자인데 죽여야 하는 거 아니에요?"

"그럼 날 또 죽여야 할걸."

준혁 아저씨 목소리였다. 피를 잔뜩 흘리고 누워 있던 준혁 아저씨가 대답을 하다니. 죽은 줄 알았던 준혁 아저씨가 두 눈을 번쩍 뜬 채 말까지 하자 남자아이는 마치 귀신이라도 본 것처럼 비명을 지르며 땅바닥에 풀썩 주저앉았다. 그리고 바닥을 엉금엉금 기어가다가 그만 나무뿌리에 걸려서 꼬꾸라지고 말았다. 잠시 후에 정신을 좀 차렸는지 다시 엉금엉금 기어서 계단을 내려갔다.

누워서 그 광경을 보고 있던 준혁 아저씨가 몸에 묻은 흙을 털면서 일어났다. 그리고 오상민에게 물었다.

"쟤는 누구야?"

"손병민이라고 사령에 푹 빠진 아이예요. 며칠 전 신촌에서 만난 녹색 모자 기억하죠?"

둘의 얘기를 듣고 있다가 내가 아는 척을 했다.

"형이랑 같이 휴대폰을 훔친 애죠?"

"맞아. 나만큼이나 사령에 집착하는 친구야."

오상민의 얘기를 들으면서 나는 챙겨 온 물티슈를 준혁 아저씨에게 건넸다. 준혁 아저씨가 씩 웃었다.

"오지 말라고 했잖아."

"탐정이 가는데 조수가 안 가면 되나요."

물론 아직 조사비를 받지 못해서 잘 보여야 한다는 이유도 있었다. 그리고 계획으로만 꾸민 일이 실제로 어떻게 돌아갈지도 궁금했다.

손에 묻은 가짜 피를 닦고 준혁 아저씨가 입고 있던 체크 셔츠를 벗자 옷 안쪽으로 가짜 피를 담은 주머니 몇 개가 달려 있었다. 모두 터져서 피가 줄줄 새고 있었다. 케첩이랑 물엿을 섞어서 만든 피가 진짜처럼 안 보일까 봐 몹시 걱정했는데 다행히 블레이드가 좀 떨어져 있었고, 서둘러 자리를 뜨는 바람에 눈치채지 못한 것 같았다. 피투성이 체크 셔츠를 둘둘 말아 쥔 준혁 아저씨가 바닥에 떨어진 가방을 집어 들면서 말했다.

"화장실 가서 옷 좀 갈아입고 올게."

준혁 아저씨가 화장실에 가자 오상민이 한숨을 쉬면서 벤치에 걸터앉았다. 그 모습을 보면서 나는 어제의 기억을 떠올렸다.

집에서 곰곰이 생각을 하다가 나를 빼고 준혁 아저씨만 오라고 한 게 마음에 걸려 사령 카페에 들어갔다. 블레이드가 내 정체를 알고 있긴 하지만 내가 해킹으로 비밀 채팅방까지 들어갈 수 있다는 사실은 모르는 상황이었다. 채팅을 읽어 내려가다가 눈에 띄는 문구를 발견했다.

- 내일 오후 3시 바람 공원으로 와라. 악령을 처단해야 해.

뭔지는 모르겠지만 그냥 넘기려니 마음 한구석이 찜찜했다. 블레이드와 만나기로 한 전날, 준혁 아저씨와 접선 장소인 개봉역 KFC에서 따로 만났다. 미심쩍은 부분을 얘기하자 준혁 아저씨는 대수롭지 않게 생각했던 처음과 달리 신중하게 받아들였다. 하지만 경찰에 신고는 하지 않았다. 준혁 아저씨는 신고하라는 내 말에 고개를 저었다.

"그랬다가는 거기서 오상민을 빼내지 못해. 그럼 홍지훈도 계속 마음이 흔들릴 거고 말이야."

85

"그럼 어떡해요?"

잠시 고민하던 준혁 아저씨가 말했다.

"오상민이랑 만나서 얘기해 보자."

"우리랑 본 적도 없는 사이인데 우리 말을 들으려고 하겠어요?"

"홍지훈한테 연락해서 같이 보자고 해. 그럼 나올 거야."

역시 잔머리로는 아저씨를 따라갈 사람이 없다는 생각이 들었다.

"오늘 중에 꼭 보자고 해. 할 얘기가 있다고 말이야."

"알았어요."

다행히 연락을 받은 홍지훈이 오상민에게 연락을 하겠다고 했고, 같이 오겠다는 답장이 왔다. 한 시간 후 홍지훈과 오상민이 도착했다. 홍지훈이 우리 둘을 소개하는 동안 오상민의 얼굴은 심상치 않았다. 오상민이 자리에 앉자마자 준혁 아저씨가 다짜고짜 물었다.

"넌 왜 가출한 거야?"

"블레이드님이 악령이 깃든 가족한테 떨어져 있어야 한다고 해서요."

"그래서 가출했다고?"

준혁 아저씨가 어이가 없다는 듯 묻자 오상민이 고개를 끄덕거렸다.

"전부터 집을 나와서 사령을 믿는 사람들끼리 지내자고 했어요. 제게 또 다른 가족이 되어 주겠다고 했거든요."

"너 때문에 지훈이까지 가출해야 했잖아."

"그건 미안하게 생각해요. 하지만 악령한테서 떨어지려면 어쩔 수 없어요. 블레이드님 말이 지훈이는 악령에 상당 부분 잠식되어서 우리가 지켜 줘야 한다고 했어요."

"블레이드는 돈벌이 때문에 널 꾀어 낸 거야."

"아닙니다."

강하게 부정하는 오상민에게 준혁 아저씨가 거친 어조로 물었다.

"그럼 휴대폰을 훔쳐서 제일 텔레콤에 넘겨주면 얼마나 받아?"

"따로 받는 건 없어요."

"그럼 그 돈을 블레이드가 다 꿀꺽하는 거네. 악령으로부터 지켜 주겠다는 건 다 핑계고 말이야."

"그럴 리가 없습니다."

완강한 어조로 얘기하는 오상민의 모습에 질렸는지 준혁 아저씨가 이번에는 단도직입적으로 물었다.

"내일 무슨 일을 꾸미는 건데?"

"무슨 말씀이세요?"

뜨악하는 얼굴을 보면서 나는 확신을 가졌다. 준혁 아저씨가 옆에 앉은 나를 턱으로 가리켰다.

"내 조수 안상태야. 생긴 건 불량스러워 보여도 천재 해커라서 어떤 방어 프로그램이라도 뚫고 들어갈 수 있지. 블레이드가 내일 악령을 처단할 준비를 하라는 메시지를 보냈지?"

"그, 그걸 어떻게?"

오상민은 정말로 놀란 표정이었다. 나는 포장도 가지가지 한다고 생각했지만 최대한 근엄한 표정을 지었다.

"뭘 하려고 하는지 털어놔 봐."

준혁 아저씨의 으름장에 오상민이 한숨을 쉬며 털어놓기 시작했다.

"그냥 악령을 처단해야 한다고만 했어요."

"어떻게?"

"의정마에게는 끈이랑 삽을 준비하라고 했고, 저한테는 잘 드는 칼 한 자루를 챙겨 오라고 했어요."

그 얘기를 듣는 순간 나와 준혁 아저씨는 약속이나 한 듯 서로의 얼굴을 바라봤다. 그리고 거의 동시에 중얼거렸다.

"완전 미쳤네."

나는 겨우 정신을 차리고 오상민에게 물었다.

"그걸로 뭘 하려는지 정말 모르겠어요?"

"아, 아마 악령을 쫓아내기 위해서 겁을 주겠지."

나는 떨떠름한 표정으로 대답한 오상민에게 재차 물었다.

"그럼 삽까지 준비할 이유가 없잖아요."

"그, 그렇긴 하지만."

"만약 지훈이 형한테 한 짓 이상을 요구하면요?"

"그럴 사람은 아니야."

"그 대답은 형이 할 수 있는 게 아니잖아요. 만약 준비해 간 칼로 준혁 아저씨를 찌르라고 하면요?"

오상민은 대답 대신 마른침을 삼켰다. 옆에서 잠자코 듣고 있던 준혁 아저씨가 말했다.

"상민아, 블레이드는 너한테 살인을 시키고 그 죄를 뒤집어씌우고도 남을 놈이야."

"설마요."

처음으로 오상민의 목소리가 흔들렸다. 준혁 아저씨는 목소리를 한껏 낮추고 오상민에게 다른 제안을 했다.

"블레이드가 널 이떻게 생각하는지 시험해 볼래?"

"어떻게요?"

내가 감자튀김을 찍어 먹으려고 쟁반에 짜 놓은 케첩에 준혁 아저씨가 생수기에서 떠온 물을 살짝 흘렸다.

"뭐해요?"

혹시나 물이라도 튈까 봐 나는 기겁을 하면서 얼른 감자튀김을 집었다. 준혁 아저씨는 손가락으로 물에 풀어진 케첩을 살살 섞다가 콕 찍어서 내 눈앞에 들이밀었다.

"비슷해 보이니?"

"뭐랑요?"

"피."

"이것보다 좀 더 걸쭉해야 하지 않아요?"

"그럼 집에 있는 물엿이랑 섞어 봐야겠다."

"이걸로 어떡하게요?"

"내일 가짜 피 주머니를 옷 안에 붙이고 갈 거야. 만약 내 생각이 틀렸다면 그냥 돌아오면 되지만, 그렇지 않으면……."

잠시 말을 끊은 준혁 아저씨가 여전히 갈피를 못 잡고 있는 오상민에게 말했다.

"나랑 연극 좀 해야겠다."

"그런 건 한 번도 해 본 적이 없는데요."

"그럼 네 일생일대의 연기를 해 봐."

준혁 아저씨가 오상민에게 어떻게 해야 할지 설명하는 동안 나는 남은 감자튀김을 다 먹어 치웠다. 케첩이 없어서 느끼해진 속은 콜라로 달랬다. 준혁 아저씨는 묵묵하게 설명을 들은 오상민에게 쐐기를 박았다.

"좋게 넘어가면 연극할 필요가 없지만 돌아가는 정황상 최악의 경우도 생각해야 해."

"그럴게요."

오상민의 대답을 들은 준혁 아저씨는 손가락으로 자신의 배를 찌르면서 웃음을 터트렸다.

"내일 두 시간 전에 나랑 먼저 만나자. 예행 연습해야지."

"근데 제가 칼을 써 본 적이 없는데 너무 깊게 찌르면 어떡하죠?"

"소품 구해다 줄게."

"소품이요?"

"찌르면 날카로운 칼날이 손잡이 안으로 쑥 들어가는 거 구해 줄게. 칼날 끝만 살짝 갈아 놓고 가짜 피를 채운 주머니를 찔러서 터트리는 거지."

"블레이드가 속을까요?"

내 질문에 준혁 아저씨가 자신만만하게 말했다.

"자기가 직접 못하고 애들을 시키잖아. 분명 좀 떨어진 곳에서 지켜볼 거야."

준혁 아저씨는 오상민에게 몇 가지 주의 사항을 더 일러 주고 자리에서 일어났다.

"가자."

"어디로요?"

"백발 마녀가 하는 문방구. 거기에서 장난감 칼을 봤어."

문방구에 갔더니 백발 마녀는 없고, 그 집 아들이자 준혁 아저씨의 동창인 석훈 아저씨가 자리를 지키고 있었다. 얘기를 들은 석훈 아저씨는 적당한 칼을 찾아 주었다.

"손잡이는 나무로 되어 있고 칼날도 진짜 같으니까 이게 좋을 거야."

언뜻 보기에 진짜처럼 보였다. 준혁 아저씨가 흡족한 표정을 지으며 물었다.

"고장 안 나는 거지?"

석훈 아저씨는 대답 대신 칼로 배를 찔렀다. 흠칫 놀란 준혁 아저씨가 멀쩡한 배를 쓰다듬으면서 중얼거렸다.

"연기는 나한테 더 필요하겠네. 얼마야?"

혹시나 오해를 살까 봐 검정색 비닐봉지에 칼을 둘둘 말아서 건네주며 석훈 아저씨가 대답했다.

"그냥 가져가. 어머니가 너 오면 물건값 받지 말라고 하셨어."

"건강은?"

"얼마 안 남았대."

씁쓸한 표정을 한 석훈 아저씨에게 준혁 아저씨가 기운 내라는 말을 남기고 돌아섰다.

멍한 얼굴로 서 있는데 오상민이 벤치에 앉아서 머리를 감싸 쥔 채 우는 소리가 들렸다. 서럽게 우는 모습을 지켜보는데 화장실에서 옷을 갈아입고 나온 준혁 아저씨가 내 어깨에 손을 올렸다.

"왜 저렇게 우는 거야?"

"버림받았잖아요."

"가족이나 친구도 아니었는데?"

"어쩌면 그 이상의 존재였을지도 몰라요."

"그 무엇도 가족이나 친구를 대신할 수는 없어."

꼰대 같은 준혁 아저씨의 얘기에 나는 고개를 절레절레 저었다.

"그런 게 처음부터 없는 사람도 있어요."

준혁 아저씨가 말도 안 된다는 표정으로 내려다봤다. 나는 짧게 덧붙였다.

"아니면 잊어버렸든지."

나처럼. 이 말은 하지 않았지만 준혁 아저씨는 알아들었는지 가볍게 고개를 끄덕거렸다. 여전히 울고 있는 오상민을 바라봤다. 쓸쓸하고 외로워 보였다.

"이제 어떡해요?"

"그냥 울도록 놔두는 게 좋겠다."

"그다음은요?"

준혁 아저씨는 미국 사람처럼 어깨를 으쓱해 보였다.

"가족이나 친구를 찾아가겠지. 저 친구가 돌아가면 지훈이도 일단 집으로 돌아갈 테고."

나도 같은 생각이었다. 가볍게 한숨을 털어 낸 준혁 아저씨가 덧붙였다.

"배고프다. 밥이나 먹으러 가자."

우리 둘은 울고 있는 오상민을 그대로 두고 나무 계단에 섰다. 그리고 나란히 서서 휴대폰을 꺼내 근처 맛집을 검색했다. 지금 같은 분위기라면 비싼 메뉴를 고를 수 있겠다 싶어 그런 식당을 찾고 있는데 갑자기 준혁 아저씨의 탄식이 들렸다.

"그나저나 블레이드는 진모태가 아닌 것 같아."

"저도 그렇게 생각해요. 이렇게 허술하게 일을 꾸밀 리 없잖아요."

"다시 찾아봐야지."

준혁 아저씨는 평소 성격답지 않게 의욕적으로 말하며 나무 계단을 성큼성큼 내려갔다.

불타는
교실

내 이름은 민준혁. 개봉동에서 가장 잘나가는, 아니 유일한 탐정이자 작가 지망생이다. 경찰도 풀지 못한 몇 가지 미제 사건들을 해결했으며, 개봉동 소년 특공대의 대장을 맡고 있다. 이미 짐작한 사람도 있겠지만 개봉동 소년 특공대는 셜록 홈스가 조직한 베이커가 소년 특공대를 본뜬 조직이다. 유일한 구성원인 중학생 안상태는 나이에 비해 꽤 되바라진 아이다. 그리고 5월의 화사한 오늘, 그 안상태가 대박 큰 사고를 치고 말았다.

　낮에 상태로부터 걸려온 전화가 시작이었다. 요즘은 별다른 사건도 없고 사고도 없어 만나기만 하면 돈 얘기를 하는 상태를 일부러 피하는 중이었다. 글을 쓰다가 잠깐

졸고 있는데 옆에 놔둔 핸드폰 벨소리가 시끄럽게 울렸다. 휴대폰 화면에 낯선 번호가 떠서 이상한 광고 전화일지 모른다고 생각했지만 혹시나 원고 청탁 전화일지 몰라서 냉큼 받았다.

"안녕하세요. 민준혁입니다."

"형! 저 좀 도와주세요."

"상태니? 오랜만이다. 어디야?"

"학교 근처 공중전화예요. 제가 오늘 사고를 좀 쳤어요."

"무슨 사고?"

"자세한 얘기는 나중에 할게요. 암튼 꼭 도와주셔야 해요."

"뭘 알아야 도와주든 말든 할 거 아냐?"

"형밖에 없어요. 꼭 도와주세요."

뚜뚜ㅡ.

"이게 뭔 상황이야?"

전화는 다시 걸려오지 않았고 나는 그냥 잊어버렸다. 그렇게 한참 글을 쓰고 있는데 해가 떨어질 무렵 안방에서 소리가 났다. 어머니가 날 부르는 소리였다. 글쓰기에 집중하고 있을 때마다 부르는 어머니가 얄미웠지만 무시했다가는 무슨 보복을 당할지 몰라 투덜대면서 안방으로 건너갔다. 침대에 기대앉아서 마늘을 빻고 있던 어머니가 말했다.

"저것 좀 봐라. 요즘 애들은 왜 저러는지 몰라."

하마터면 '나도 요즘 애들이 어떤지 모르겠는데 왜 나한테 물어봐요.'라고 말대꾸할 뻔했는데 겨우 참았다. TV에서는 뉴스 앵커가 무덤덤한 목소리로 소식을 전하고 있었다.

오늘 낮에 창곡중학교에서 발생한 화재 사건의 용의자로 같은 학교 2학년에 재학 중인 안모 군이 지목되어 경찰이 수사에 착수했다는 소식입니다. 경찰은 현재 안모 군이 연락이 끊긴 상태이며 행방을 찾고 있다고 밝혔습니다.

눈앞의 현실을 받아들이는 데에 시간이 좀 걸리긴 했지만 정신을 차리고 사건에 집중했다. 중학교 교실이 불바다가 되었고, 불을 낸 용의자로 상태가 지목된 것이다. 그 녀석, 어쩐지 그 뒤로 연락이 없어서 이상하다 싶었다.

"망할 자식!"

나도 모르게 튀어나온 말이었다. 그 순간, 마늘을 빻고 있던 어머니가 등짝 스매싱을 날렸다.

"너, 지금 엄마한테 한 얘기야?"

"엄마 말고 쟤요, 쟤."

매운 마늘 냄새 때문에 눈물을 찔끔찔끔 흘리면서 TV 화면을 가리켰다. 갑자기 덜컥 겁이 났다. 상태와 같이 다녔다는 이유만으로 혹시나 내가 공범으로 지목될까 봐 걱정이 되었다. 잽싸게 방으로 돌아와서 휴대폰을 집어 드는데 갑자기 벨소리가 터졌다. 놀라서 화면을 확인했더니 발신자가 '배불뚝이 강 형사'로 떴다. 나는 안도의 한숨을 내쉬며 통화 버튼을 눌렀다.

"안녕하세요, 강 형사님."

"아쭈, 바로 받네. 보통은 용의자가 이러는데?"

"왜 이러세요? 제가 법 없이도 살 사람, 아니 탐정이라는 거 잘 아시잖아요?"

"탐정이란 직업은 아직 우리나라에 없거든."

"경찰에서 노력을 좀 더 하셔야죠. 강 형사님도 퇴직하시면 저랑 같이 탐정 사무소 차리셔야 하지 않겠어요?"

하지만 속으로는 강 형사가 동업 제안을 진짜로 받아들일까 봐 걱정이었다. 다행히 배불뚝이 강 형사는 내 제안을 일언지하에 거절했다.

"나 퇴직하면 낚시 다닐 거야."

"월척 꼭 낚으세요. 근데 어쩐 일로?"

"TV 봤냐?"

"방금 안방에서 보고 전화 드리려던 참이었어요."

"씨발, 요즘 기자 새끼들은 엠바고라고는 걸 몰라요. 공식 보도할 때까지 기다리라고 했는데 그걸 못 참네."

"용의자가 상태 맞아요?"

"그런 것 같아. 근데 어떻게 알았냐? 거기 2학년이 줄잡아 백 명이 넘는데."

"저 탐정이잖아요."

"혹시 연락 받은 거 아냐?"

누가 형사 아니랄까 봐. 속으로 촉이 엄청 좋다고 투덜거리긴 했지만 전혀 내색하지 않고 친절하게 대답했다.

"걔가 좀 삐딱해도 자기가 다니는 학교 교실에 불을 지를 정도로 막나가는 애는 아니에요."

"증거 다 나왔어. 그러니까 걔 편들었다가는 너도 한 번에 훅 가는 거야, 인마."

"아이, 탐정이 불법 행위를 저지르다니요. 말도 안 되죠. 근데 상태가 왜 불을 질렀대요?"

"너는 걔랑 허구한 날 붙어 다녔으면서 아무것도 모르

는 거야? 아니면 모르는 척하는 거야?"

"제가 다른 사람 사생활에 별로 관심이 없어서요. 게다가 아직 미성년자인 애랑 무슨 얘길 하겠어요? 소주 한잔하면서 속내를 털어놓을 수도 없잖아요."

"하기는 아직 어린놈이니까. 아무튼 과장님이 내일 브리핑할 건데 이번 방화는 그냥 불을 지른 게 아니라 폭탄을 터트린 거야."

"폭탄이요?"

하마터면 비명이 나올 뻔했다. 짜식, 스케일 한번 크게 저질렀군. 그동안 몇 번 얘기하긴 했지만 이런 식으로 실천에 옮길 줄은 꿈에도 몰랐다.

"부탄가스랑 라이터로 만든 초보적인 수준이긴 한데 어쨌든 폭탄은 폭탄이야."

"맙소사. 강 형사님, 저는 아는 게 없습니다. 전혀 모르는 일이에요."

"너는 인마, 〈수사반장〉도 안 봤어? 먼저 죄가 없다고 하는 놈은 백 퍼센트 범인이야."

"저 요즘 사람이에요. 〈수사반장〉 같은 옛날 드라마를 누가 본다고 그래요. 어쨌든 저는 아무 관련이 없습니다, 강 형사님."

"걔가 가지고 다니던 명함에 네 이름이 있는데도?"

"뭐라고요?"

"거, 있잖아. 개봉동 소년 특공대라고. 그 명함에 '대장 민준혁'이라고 쓰여 있던데."

기억이 퍼뜩 떠올랐다. 그러고 보니 예전에 상태한테 명함을 만들어 준 일이 있었다. 하지만 일단 잡아떼고 봐야겠다는 생각에 고개부터 저었다.

"그건, 상태 그놈이 자기 멋대로 만들어서 다닌 거라고요."

일이 심상찮게 돌아간다는 생각이 들자 갑자기 배가 아파 왔다. 눈을 질끈 감고 억지로 참았다. 그런데 가라앉기는커녕 오히려 배 속이 점점 요동쳤다.

"어쨌든 내일 조사 좀 받으러 와야겠다."

"제가 왜요?"

"과장님이 궁금해한단 말이야."

"저는 죄가 없다니까요."

"너 지금 조사 요청에 불응하는 거냐?"

"그럴 리가요. 제 꿈이 모범 시민입니다."

"말장난 그만하고, 내일 점심 좀 지나서 전화하고 와. 간단하게 조사만 할 거니까."

"네, 알겠습니다."

공손하게 전화를 끊자마자 화장실로 뛰어갔다.

그다음 날, 지방경찰청에 가서 배불뚝이 강 형사를 만났다. 성룡만큼 커다란 주먹코를 가진 또 다른 형사가 함께 있었는데 오늘은 보이지 않았다. 내가 두리번거리자 강 형사가 씩 웃으며 말했다.

"애인 찾아? 회의실로 가자."

회의실에 들어가자 문을 닫은 강 형사가 말했다.

"여긴 밖에서 보이는 거울 같은 거 없으니까 안심해."

"CCTV는 있을 거 아니에요."

"그건 우리가 설치한 게 아니라 감사팀에서 만든 거고. 공식적인 조사는 아니니까 맘 편하게 얘기해."

"어쨌든 참고는 하실 거잖아요."

"그건 우리가 결정해. 그러니까 넌 아는 대로만 얘기하면 돼."

"어제 전화로 말씀 드린 것처럼 저도 아는 게 없어요. 며칠 동안 상태랑 통화가 안 돼서 궁금해하던 참이었다고요."

의사에 앉아 있던 배불뚝이 강 형사가 들고 온 서류를

테이블 위에 펼치면서 말했다.

"뉴스에 나온 그대로야. 안상태 군이 자기가 다니던 중학교 교실에 폭탄을 터트렸어."

"어린놈이 돈을 밝히고 되바라지긴 했어도 상태가 폭탄 테러를 저지를 정도로 막나가는 놈은 아니에요."

"형사는 선입견을 가지면 안 돼. 히틀러도 비서한테 잘해 준 거 알아?"

"진짜예요. 상태 걔가 왜 그런 일을 하겠어요. 학교에 대한 애정이 눈곱만큼도 없는데요."

"없으니까 터트린 거 아냐?"

"진짜 관심이 없으면 아예 신경도 안 써요. 돈 안 되는 일에는 관심이 전혀 없는 애라고요. 차라리 상태가 돈을 안 주면 폭탄을 터트리겠다고 협박해서 학교에서 돈을 뜯어냈다면 믿겠어요."

"그래서 우리도 신중하게 조사하고 있잖아. 근데 망할 기자 새끼가 터트리는 바람에 일이 더 복잡해졌지."

"그나저나 상태가 범인이라는 물증은 있는 거예요?"

"증거? 증거야 차고 넘치지."

강 형사가 테이블에 펼쳐진 서류를 밀어서 보여 주었다. 나는 잽싸게 서류 맨 위에 적힌 상태의 집 주소를 외웠다. 그리고 서류들을 하나하나 살펴봤다.

"폭탄이 터진 때가 체육대회 준비 시간이었네요?"

"모레, 학교에서 체육대회가 열리는 것 때문에 2학년 전체가 운동장에 나가 있었어."

"그래서 아무도 안 다친 거네요?"

"만약 인명 피해가 났으면 이렇게 앉아서 얘기도 못 나눴어."

"상태는 교실에 남아 있었나요?"

내 물음에 강 형사가 고개를 끄덕거렸다.

"배가 아프다는 핑계로 교실에 혼자 남았어."

"그 시간에 폭탄이 터진 거네요."

"선생이 상태한테 양호실에 가라고 했는데 상태는 가방을 들고 복도를 지나갔어. 그 모습을 3학년 아이들과 선생이 목격했대. 폭탄이 터지고 교실이 불바다가 된 직후에 상태가 파랗게 질린 얼굴로 뒷문으로 빠져나가는 것도 목격되었고."

"교실에서 폭탄을 터트린 걸 직접 본 사람은 없네요?"

내 물음에 강형사는 서류를 다음 장으로 넘겨 보라고 손짓했다. 다음 장에 시커멓게 타 버린 가방 사진이 덩그러니 붙어 있었다.

"이 가방에서 상태의 지문이라도 나왔어요?"

"에이, 미성년자라서 아직 주민등록증도 안 나왔는데 지문을 어떻게 알겠어. 설사 지문이 있더라도 조회가 안 되니까. 아무튼 상태가 그 사진 속 가방을 매고 교실로 올라가는 걸 본 아이가 있어. 그리고 폭탄이 터진 다음 교실에 불이 나고 그 직후에 상태가 허겁지겁 담장을 넘어서 도망치는 모습이 후문 CCTV에 잡혔어."

"말씀하신 건 다 정황 증거뿐인데요."

"그때부터 지금까지 상태 휴대폰이 꺼져 있어. 학교에서 빠져나온 다음에 휴대폰을 끈 게 분명해. 그리고 지금까지 계속 꺼져 있는 거지. 사고 치고 일이 커지니까 잠수 탄 거야."

"그래서 전화를 안 받았나?"

내가 고개를 갸웃거리자 강 형사가 의미심장한 눈빛을 던졌다.

"명색이 탐정인데 이 정도만 놓고 봐도 딱 감이 오지 않냐?"

"「노우드의 건축업자」 같은데요?"

내 대답에 강 형사가 고개를 갸웃거렸다.

"그게 누군데?"

"사람이 아니라 『셜록 홈스의 귀환』이라는 단편집에 나오는 단편 제목이에요. 존 헥터 맥팔레인이라는 젊은 변호사가 셜록 홈스를 찾아와 누명을 벗겨 달라고 하면서 이야기가 시작되죠."

"그게 이거랑 비슷하다고?"

"그 변호사는 노우드에 사는 건축업자인 조너스 올데커를 죽였다는 혐의로 경찰에 쫓기는 중이었죠. 증거는 완벽했어요. 조너스 올데커가 그에게 전 재산을 남겨 주겠다는 유언장을 쓴 직후 벌어진 일이고, 핏자국이 묻은 지팡이가 현장에서 발견되었는데 그 역시 변호사의 것이었죠. 결정적으로 현장을 조사하다가 피 묻은 엄지손가락 지문이 나왔는데 역시 맥팔레인의 것이었어요."

"그럼 게임 끝 아니야?"

"레스트레이드 경감도 그렇게 생각해서 셜록 홈스를 찾아온 그를 체포했죠. 하지만 진범은 따로 있었어요. 셜록 홈스는 증거가 너무 명백하게 남은 걸 의심했고, 결국 진실을 밝혀냈죠."

"그러니까 이번 사건도 상태가 누명을 쓴 거라고?"

"상태는 이 정도까지 사고를 칠 애가 아니에요. 만약 그런 일이 있었다면 경찰 앞에서 어떻게든 변명을 했을 거예요. 이렇게 다짜고짜 잠적할 리가 없어요."

"그 사연 한번 절절하네. 아무튼 이 사건에 세상의 이목이 쏠려 있거든. 엄청난 뉴스거리란 말이야. 그래서 우리 과장이 눈에 불을 켜고 있다고. 그게 무슨 뜻인지 알지?"

"잡을 수 있게 도와달란 얘긴가요?"

"낚시로 치면 월척이란 얘기지. 혹시 너한테 전화가 오거나 도와달라고 하면 나한테 바로 연락해라."

"안 하면요?"

"뭐, 범인 은닉죄로 공범이 되는 거지. 그리고 네 말대로 상태한테 죄가 없다면 나타나서 진실을 밝혀야지."

강 형사는 얄미운 표정을 지으며 두 손에 수갑을 차는 시늉을 했다. 겁이 덜컥 났지만 명색이 탐정이라 최대한 태연하게 굴었다.

"약삭빠른 놈이라 저한테 연락하지는 않을 거예요."

"요즘 뭐 이상한 낌새 못 챘어?"

"돈이 없다고 징징거렸어요."

"그건 나랑 비슷하네."

"남의 일에는 되게 관심이 많은데 자기 얘기는 잘 안 하는 편이에요."

"아무튼 협조 바란다. 이상."

서류를 챙겨서 일어나는 강 형사에게 내가 물었다.

"근데 상태가 학교에서 문제가 있었다고 들었는데 그게 뭔가요?"

"음, 학교에서 아이들이랑 사이가 좀 나빴어. 왕따를 당한 것 같은데, 학생이고 선생이고 죄다 입을 다물어서 말이야. 어차피 그게 중요한 문제는 아니니까."

"그게 왜 안 중요한데요?"

"솔직히 요즘 학교 다니는 애들 중에 왕따 당하는 애들이 한둘이야? 그 애들이 다 폭탄을 터트리면 학교에 남아나는 교실이 있겠어?"

"그거야 어른들이 애들을 잘못 가르치니까 그런 거죠."

"야, 우리 때는 못 먹고 못 살았어도 잘들 자랐어. 요즘 애들은 자기가 얼마나 편하게 자라는지를 몰라요, 몰라."

속으로는, 그렇게 자란 아이들이 커서 당신 같은 꼰대가 되었다고 말하고 싶었지만 후환이 두려워서 참았다.

이야기를 마친 강 형사가 일어나면서 조사는 끝났다. 대충 짐작해 보면 경찰한테는 상태를 범인으로 볼 만한 명확한 증거가 없었다. 갑작스럽게 언론에 공개되는 바람에 하루 빨리 상태를 잡아서 자백을 받고 싶은 것 같았다.

그렇게 나는 사라진 조수의 무죄를 밝혀야 하는 사건에

111

뛰어들었다. 사실 사건이 터지자마자 상태가 범인이 아니라는 걸 알았다. 왜냐고? 상태는 돈 안 되는 일에는 눈길도 주지 않는 아이니까.

지방경찰청을 나와서 향한 곳은 상태가 다니는 중학교였다. 휴대폰 앱으로 경로를 검색한 다음 버스를 타고 이동했다. 정류장에서 내려서는 표지판을 보고 걸었다. 예전에 한번 가 봤던 곳이라 오르막길에 접어들자 익숙한 풍경들이 눈에 들어왔다. 학교 정문 쪽에 백발 마녀가 하는 문방구가 있었다. 가게 밖에는 비닐에 덮인 싸구려 장난감들이 먼지를 뒤집어 쓴 채 진열되어 있었다. 분식집 차양 아래 옹기종기 모인 아이들은 커다란 가방을 맨 채 떡볶이를 먹고 있었다. 그 앞을 지나 창곡중학교 교문 안으로 들어서자 경비실의 작은 창문이 드르륵 열렸다.

"어디서 오셨습니까?"

경비 아저씨가 좀 어수룩해 보였다. 한번 모험을 해 보기로 했다. 창문으로 다가가 지갑에서 명함을 하나 꺼내서 건넸다.

"신문사에서 나왔습니다. 사건 취재차 나왔는데요."

"기자 양반이슈?"

물론 가짜 명함이었다. 명함은 예전에 취재하다가 받은 것이었다. 지금은 얼굴도 기억나지 않는 기자의 것. 우리나라 사람들은 이상하리만치 명함에 대한 신뢰도가 높다. 특히 나이 든 사람일수록 잘 속아 넘어갔다.

　"네. 여기가 폭탄이 터진 학교 맞죠?"

　첫 번째가 먹혔다 싶을 때 두 번째는 훅 들어가야 효과가 크다. 아니나 다를까 경비 아저씨는 손사래를 쳤다.

　"폭탄은 무슨, 그냥 불이 난 거예요."

　"아무튼, 그 반 학생들이랑 담임 선생님을 좀 만나 보고 싶은데요."

　"교, 교장 선생님이 입을 다물라고 해서 좀 곤란하겠는걸."

　"지금 취재를 거부하시는 겁니까? 그럼 기사에는 교장 선생님이 취재 거부를 지시했다고 쓰겠습니다. 기사에 선생님 성함을 밝혀도 괜찮은 거죠?"

　"아니, 그게 아니라……. 기자 양반, 이러면 내가 곤란해."

　"그러면 이렇게 하시죠. 비밀로 해 드릴 테니까 관련자들을 만나게 해 주세요."

　"만나서 뭐하게?"

"어떻게 된 건지 알아봐야죠. 기사에는 어디서 만났는지도 빼고 실명도 빼겠습니다. 그럼 아무도 모를 거예요."

"그, 그런가?"

"원래 기자는 취재 과정에서 나온 비밀에 대해 입을 다물기로 되어 있어요. 누가 물어봐도 아저씨 얘기는 안 할게요."

어디선가 주워들은 말로 어물쩍 넘어가는 게 양심에 찔렸지만 상태의 무죄를 밝히기 위해서라면 어쩔 수 없었다. 고민하며 턱을 긁적거리던 경비 아저씨는 손을 들어서 운동장 한구석을 가리켰다.

"저기 강당 앞에서 체육 활동하는 애들 보입니까?"

"네."

"그 애들이 상태랑 같은 반입니다. 벤치 쪽에 서 있는 여 선생이 담임 선생이고요."

"저 애들 교실이 불탄 거죠?"

"아뇨. 상태는 2학년 3반이고 불에 탄 건 6반이에요."

경비 아저씨의 말에 나는 잠시 혼란스러웠다.

"자기 반 교실에 불을 지른 게 아니라고요?"

"아니, 그것도 모르고 온 거요?"

"그러니까 취재를 온 거죠. 아무튼 고맙습니다."

경비 아저씨와 더 얘기를 나눴다가는 꼬리가 밟힐 것 같아 서둘러 인사를 하고 운동장으로 뛰어갔다.

선이 거의 다 지워진 트랙이 운동장을 한 바퀴 휘감고 있었다. 한쪽에 덩그러니 놓여 있는 낡은 축구 골대가 눈에 들어왔다. 잘사는 동네가 아니다 보니 학교 건물도 여기저기 낡아 허름한 상태였다. 그에 비해 비교적 잘 가꿔진 화단에는 꽃과 나무마다 이름이 적힌 푯말이 꽂혀 있었다. 어두운 초록색 체육복을 입은 아이들이 강당 앞에 옹기종기 모여 있었다. 아이들의 표정은 입고 있는 옷만큼이나 어두웠다. 내가 다가가자 벤치에 앉아 있던 담임 선생이 낯선 사람을 경계하는 눈빛으로 일어났다. 20대 후반으로 보이는 담임의 얼굴은 창백하고 파리한 낯빛이었다. 짙은 피로감이 물씬 풍겼다.

"누구세요?"

"상태 담임 선생님이신가요? 상태 삼촌입니다."

"아……."

찡그린 얼굴에 곤혹스러움이 그대로 묻어났다. 아무래도 요즘 젊은 사람들은 감정을 숨기는 데에 익숙하지 않은 것 같다. 하긴, 30대 후반인 나도 어머니한테 속마음을 들키는 판국에 20대야 두말하면 잔소리겠지.

"누님이 몹시 걱정하고 있는데 직접 와 볼 수 없는 상황이라서 제가 대신 왔습니다."

"누님이라면 상태 어머님 말씀이세요? 상태랑 같이 안 산다고 들었는데요."

예상치 못한 질문이 훅 들어왔지만, 이럴 때 당황하면 탐정이라고 할 수 없지. 나는 별로 얘기하고 싶지 않은 표정을 지으며 대답했다.

"아, 그게 말이죠. 매형이 사업에 실패하고 주먹을 휘두르면서 누님이 어쩔 수 없이 이혼을 하긴 했지만 아이들과는 종종 연락하면서 지내고 있습니다. 저도 몇 번 찾아갔고요."

이야기를 나누며 내가 상태에 대해서 아는 게 별로 없다는 걸 다시금 깨달았다. 다행히 담임 선생은 크게 신경 쓰지 않는 눈치였다.

"그러셨군요. 교장 선생님이랑 경찰한테도 말씀 드렸지만 저는 아무것도 몰랐어요."

"그나저나 누님이 몇 가지 궁금해하는 게 있는데 여쭤봐도 될까요?"

나는 상대방의 대답을 듣기도 전에 벤치에 앉아 버렸다. 머뭇거리던 선생이 조심스럽게 내 옆에 앉았다.

"저는 이미애라고 해요."

"안준혁입니다. 상태는 어떤 학생이었나요?"

이미애 선생은 미간을 찡그렸다. 적당한 대답을 찾기 위해서 노력하는 것 같았다.

"뭐랄까요, 호기심이 많고 활기차지만……."

'말썽꾸러기라는 얘기군.'

"주의력이 부족하고 산만한 편이에요. 남의 일에 지나치게 간섭하는 편이었고요."

'하라는 공부는 안 하고 쓸데없이 오지랖만 넓다, 이 얘기군.'

내가 아는 상태의 성격과 일치했다. 내 눈치를 살피던 이미애 선생이 한마디 덧붙였다.

"반 아이들한테 돈을 빌리고 안 갚아서 제가 몇 번 주의를 준 적이 있어요. 늘 돈 얘기밖에 안 했고요."

'그건 저한테도 늘 하는 얘깁니다.'

내가 속으로만 대꾸하고 계속 듣기만 하자 이미애 선생의 표정이 어두워졌다. 자신이 들려주는 이야기를 내가 못마땅하게 여긴다고 생각하는 모양이었다. 나는 얼른 입을 열었다.

"안 그래도 누님도 그런 얘기를 했어요. 꼬맹이가 너무 돈, 돈 해서 걱정이라고요. 다 매형 탓입니다."

"여러모로 독특한 아이였어요. 커서 탐정이 되겠다고 하고, 자기 손으로 악당을 여러 번 잡았다고 말도 안 되는 거짓말을 하더라고요."

하마터면 '그건 사실입니다.'라는 말이 입 밖으로 나올 뻔했다. 상태는 되바라지고 돈을 밝히는 아이였지만 꽤 똑똑한 편이라서 실제로 수사에 많은 도움을 주었다. 하지만 이번에도 일부러 엉뚱한 말을 내뱉었다.

"조카가 추리 소설을 워낙 많이 읽어서요. 아마 그래서 그랬나 봅니다. 그럼 그날 일을 좀 얘기해 주실 수 있나요?"

"그러니까, 5교시 체육 활동 시간이었어요. 곧 있을 체육대회 준비로 바빴죠. 아이들한테 체육복으로 갈아입고 운동장으로 나가라고 했는데 상태 혼자 배가 아프다면서 남겠다고 하더라고요. 그 전에도 별의별 핑계를 대면서 교실에 남아 있으려고 해서 계속 안 된다고 했었는데, 이번에는 좀 심하게 떼를 썼어요. 하는 수 없이, 그럼 의무실에 꼭 가 보라고 하고 반 아이들을 데리고 나왔어요. 이쪽에서 여학생들은 피구를 하고 남학생들은 농구를 했어요. 그런데 갑자기 3층 교실에서 펑 소리가 나면서 불길이 확 치솟았어요.”

“6반 교실에서 말인가요?”

내 물음에 고개를 끄덕거린 이미애 선생이 얘기를 이어
갔다.

“처음에는 창문 밖으로 연기만 조금 치솟다가 불이 커
튼에까지 옮겨 붙으면서 불길이 거세졌어요. 연기까지 엄
청 치솟으면서 다른 반 아이들도 다들 교실 밖으로 뛰쳐
나왔고, 저랑 다른 선생님들은 건물 안으로 들어갔어요.”

“남은 아이들을 찾으러 가신 건가요?”

“네. 2층에서 3층으로 올라가려는데 4반 담임 선생님이
내려오면서 위에 아무도 없다고 해서 도로 밖으로 나왔어
요. 그리고 잠시 후에 소방차가 운동장 안까지 들어와서
진화에 나섰고 다행히 불이 꺼졌지요.”

“상태가 불을 지른 걸 본 학생이 있습니까? 아까 경찰
서에 다녀왔는데 명확한 증거는 못 보여 주던데요.”

“우리도 처음에는 몰랐어요. 모두 무사한지 인원 점검
을 하는데 상태가 보이지 않더라고요. 그래서 걱정하고 있
는데 몇몇 학생들이 말하기를, 상태가 계단을 내려와서 후
문으로 곧장 나갔다고 했어요. 양호실에는 아예 들르지도
않았대요.”

"상태가 사라져서 범인으로 지목했다 이 말씀인가요?"

"저는 아직도 상태가 범인이라고 생각하지 않아요. 하지만 다른 반 아이들이나 선생님들은 상태가 범인이라고 생각하고 있나 봐요. 경찰도 그렇게 보던데요."

"모두 정황 증거들이잖아요. 혹시 그날이나 그 이전에 상태가 이상한 행동을 했다거나 낯선 사람들을 만난 적이 있습니까?"

"학교 밖에서는 모르겠지만 안에서 그런 일은 없었어요. 경비 아저씨들이 계속 순찰을 돌면서 학교 안으로 외부인들이 못 들어오게 하거든요."

"상태가 이상한 아이들과 어울리진 않던가요?"

나는 학교로 오는 동안 상태가 범인일 가능성에 대해서 생각해 봤다. 유일한 가능성은 역시 친구의 꾐에 빠지는 것뿐이었다. 하지만 이미애 선생은 고개를 저었다.

"죄송한 얘기지만 상태가 별로 사교성이 없어서요. 친구들이 별로 없어요."

나는 이미애 선생이 뭔가 덧붙이려다가 차마 못한 얘기가 있다는 것을 금방 눈치챘다.

"왕따였군요."

"이런 말씀 드리면 어떻게 생각하실지 모르겠지만 상태

는 다루기 힘든 아이였어요. 저도 몇 년 동안 그런 아이는 처음 봤어요."

"이해합니다. 혹시 상태랑 친하게 지낸 아이들이 있으면 얘기를 좀 나눌 수 있을까요?"

"별로 없긴 한데, 잠시만요."

벤치에서 일어난 이미애 선생이 한쪽에서 놀고 있는 아이들에게 다가갔다. 그 모습을 지켜보다가 시선을 옮겨 불타 버린 교실을 바라봤다. 건물 여기저기 불에 그을린 자국을 지우다 말았는지 여전히 흔적이 남아 있었다. 충격으로 하나도 남김없이 깨진 창문이 대번에 눈에 띄었다. 창문을 가렸던 커튼은 불타서 아예 사라지고 없었다. 대체 상태는 왜 자기 반도 아닌 남의 반 교실에 폭탄을 터트려서 불을 질렀을까? 상태답지 않은 짓이었다. 게다가 그 후 바로 잠수를 탄 것 또한 그 애답지 않았다.

이런저런 생각에 잠겨 있는데 그사이 이미애 선생이 아이들 세 명을 데리고 왔다. 그 가운데 남학생 한 명은 키가 크고 멀끔하게 생긴 아이였다. 다른 남학생은 땅딸막한 키에 짧은 머리를 하고 있었다. 나머지 한 명은 여학생이었다. 까무잡잡한 얼굴에 툭 튀어나온 이마가 인상적인 아이였다. 이미애 선생이 먼저 아이들을 소개했다.

"여기 키 큰 애가 환성이고, 그 옆이 용섭이예요. 얘는 은주고요."

나는 아이들과 일부러 눈을 맞추며 인사를 나눴다. 그 옆에 서 있던 이미애 선생이 손목시계를 들여다보며 말했다.

"10분 후면 수업이 끝나요. 그때까지는 끝내 주세요."

"알겠습니다, 선생님."

이미애 선생이 남은 아이들에게로 돌아가는 것을 지켜보고 있다가 아이들한테 옆에 앉으라고 얘기했다. 환성이가 내 옆자리에 앉았고, 그 옆에는 용섭이가 앉았다. 은주는 좀 떨어져서 앉았다.

"아저씨는 상태 친척이야. 상태가 지금 사고를 쳐서 알아보고 있는데 너희가 아는 대로만 얘기해 주면 고맙겠어."

가장 먼저 반응을 보인 사람은 옆에 앉아 있던 환성이였다.

"상태는 거지새끼예요."

"왜?"

"맨날 돈이 없다면서 빌려 달라고 했어요. 갚지도 않으면서요."

환성이의 말에 용섭이도 고개를 끄덕거리면서 소극적

으로 동조의 뜻을 보였다. 은주는 눈치를 살피는 듯했지만 딱히 반박하지는 않았다.

"누구한테 돈을 빌렸는데?"

"상태한테 돈 안 빌려 준 사람 찾는 게 더 쉬울 거예요. 당장 갚을 것처럼 굴다가 맨날 미루고 도망 다니고 그랬어요. 그런 주제에 이것저것 잘난 척은 엄청 하고 다녔어요."

"최근에 특별히 누구랑 갈등을 빚거나 문제를 일으킨 적이 있니?"

"걘 왕따라서 친구 없어요."

"그건 아는데 그래도 친한 친구 한 명 정도는 있을 거 아니야."

"상태는 친구 없어요. 만나기만 하면 돈 빌려 달라고 해서요."

"교실에 불을 지를 정도로 상태가 학교를 싫어했니?"

"몰라요. 암튼 걘 재수 없어요."

얘기가 진전될 기미가 안 보이자 슬슬 짜증이 났지만 꾹 참았다.

"불이 난 그날, 상태가 혹시 이상한 행동을 하거나 누군가와 만나진 않았니? 혹시 본 사람 있어? 아니면 최근에

라도 말이야."

이번에도 환성이가 퉁명스럽게 대꾸했다.

"걔는 항상 이상해요. 왕따인 주제에 콧대만 높아요."

"왕따고 돈 없는 거지면 친구도 없는 거야?"

나도 모르게 목소리가 높아지자 환성이가 움찔했다. 나는 잠깐 숨을 고르고 환성이를 째려봤다.

"쪼그만 것들이 어디서 못된 것만 배워서 난리들이야."

아이들이 서로의 얼굴을 흘깃거리면서 입을 다물어 버렸다. 그때 수업 종료를 알리는 종소리가 은은하게 울려 퍼졌다. 벤치에서 일어난 아이들이 점점 멀어져 갔다. 고개를 푹 숙이고 한숨을 쉬는데 교실로 들어가던 은주가 슬금슬금 다가왔다.

"아저씨, 상태 친구 있어요."

"누구?"

"은율이라고 1반 애예요."

"걔는 지금 어디 있니?"

"오늘 안 나왔어요."

"결석한 거니?"

은주는 고개를 끄덕거렸다.

"걔는 가끔씩만 학교에 와요."

"가끔씩 안 오는 게 아니라 가끔씩 온다고?"

내가 잘못 들었나 싶어 재차 물어보자 은주가 고개를 끄덕거렸다.

"걔랑 상태랑 친해?"

"가끔 얘기하는 정도예요. 딴 애들은 상태랑 얘기를 거의 안 해요."

"돈 빌리고 이상한 소리를 해서?"

은주는 고개를 끄덕거렸다. 그리고 뭔가를 더 말하려고 주저주저하는데 현관 쪽에서 기다리던 아이들이 어서 오라고 소리를 지르자 입을 꾹 다물어 버렸다.

"은율이네 집이 어딘지 아니?"

"몰라요."

"그럼 어디서 만날 수 있니?"

"가끔 오는데 내일 학교에 올지도 몰라요. 머리에 기다란 끈을 매고 다녀요."

"끈?"

은주는 손짓으로 머리 뒤로 길게 끈이 늘어지는 형태를 만들었다.

"네. 아주 긴 끈이요."

"고, 고맙다."

"상태 만나면 제 돈도 꼭 좀 갚으라고 전해 주세요. 1학년 때 빌린 돈을 여태 안 갚았어요."

마지막 말을 남기고 은주는 친구들에게 뛰어갔다.

아이들을 바라보며 벤치에서 일어나는데 정문으로 들어오는 하얀색 승용차가 보였다. 차 옆구리에는 방송국 이름과 로고가 선명하게 박혀 있었다. 경비실에서 뛰어나온 아저씨가 난감해하는 표정이 멀리서도 보였다. 나는 주머니에 손을 푹 찔러 넣은 채 그 옆을 지나갔다. 차에서 내린 카메라맨이 어깨에 카메라를 올리고 불타 버린 교실을 찍는 동안 경비 아저씨는 그 옆에서 어쩔 줄 몰라 하며 발만 동동 굴렀다.

교문을 나와서 담장을 따라 걸었다. 휴대폰으로 인터넷 뉴스를 검색하자 '창곡중학교 폭탄 테러'라는 굵직한 제목이 나타났다. 경찰이 공식 브리핑을 하는 동영상도 떠 있었다. 상태의 실명이 나오지는 않았지만, 창곡중학교 2학년이라는 사실과 함께 금전적인 곤란을 겪고 있다는 기사 내용만 봐도 알 만한 사람들은 다 알 수 있을 만큼 힌트투성이였다. 기사에는 요즘 애들은 괴물 같다는, 다분히 꼰대다운 댓글부터 세상이 이 모양이니 아이들도 정상일 리가 없다는 등의 댓글들이 꼬리에 꼬리를 물고 이어졌다.

언덕길을 터덜터덜 내려가면서 상태가 왜 다른 반 교실에 불을 지르고 잠적했는지 자문해 봤다. 어쨌든 겉으로 보기에 이유는 충분했다. 학교에서 왕따를 당하는 것도 모자라 빌린 돈을 갚으라는 얘기를 항상 들었을 테니까. 하지만 내가 알던 상태의 성격으로만 보면 이런 식으로 불만을 드러낼 친구는 아니었다.

이런저런 생각을 하다 보니 어느새 학교 후문에 도착해 있었다. 철문은 굳게 닫혀 있었지만 마음먹으면 아이들도 충분히 뛰어넘을 수 있는 높이였다. CCTV는 후문 오른쪽 기둥 위쪽에 설치되어 있었다. 요즘 나오는, 넓은 각도로 볼 수 있는 게 아니라 한쪽 방향만 잡히는 구형이었다. CCTV가 향한 방향을 대충 계산해 봤는데 의문이 생겼다.

'왜 여기로 넘어간 거지?'

그곳에 서서 잠시 고민하다가 발걸음을 돌렸다. 아까 강 형사의 조서에서 슬쩍 훔쳐보고 기억해 놨던 집 주소로 찾아가 보기로 했다.

상태네 집은 달동네 언저리에 있었다. 위쪽 동네는 재개발 예정지로 헐린 지 오래였고, 아래쪽으로는 낡은 빌라들이 다닥다닥 붙어 있었다. 구불구불한 골목길을 지나자

집 한 채가 나왔다. 파란색 주소 표지판을 확인해 보니 상태네 집이 맞았다. 하지만 어떻게 해야 할지 몰라서 서성대는데 등 뒤에서 낯선 목소리가 들려왔다.

"아저씨, 누구예요?"

고개를 돌린 나는 피식 웃고 말았다. 상태와 닮아도 너무 닮은 여자아이가 한 손에 비닐봉지를 들고 서 있었기 때문이다.

"상태 만나러 왔는데 네가 동생이니?"

"네, 소영이요. 오빠는 지금 없어요."

"언제부터?"

"어제부터요. 학교에 불을 지르고 도망쳤대요."

"누가 그래?"

"오빠네 학교에서 온 선생님이 그랬어요. 하지만 우리 오빠는 불 같은 거 지르지 않아요."

"그래, 맞아. 상태가 불같은 성격도 아닌데 왜 불을 지르겠어."

분위기를 바꿔 보려고 농담을 건네자 소영이란 아이는 눈을 동그랗게 뜨고 나를 쳐다봤다.

"아저씨 탐정이죠? 오빠가 가끔 아저씨 얘기를 했어요."

"뭐라고?"

"돈도 안 주면서 일은 엄청 시켜 먹는다고요."

맙소사, 소리가 튀어나올 뻔했지만 꾹 참고 물었다.

"집에 어른은 계시니?"

"없어요. 할머니랑 같이 살았는데 지난달에 병원으로 가셨어요."

"왜?"

"할머니가 술을 너무 많이 드셨어요. 맨날 술 마시고 같이 죽자고 해서 너무 싫었어요."

"다른 어른은 없니? 친척들은?"

"아빠가 친척들한테 돈 빌리고 잠수 탄 뒤부터 아무도 안 와요. 가끔 빚쟁이 아저씨들이 찾아와서 아빠 어디 갔냐고 물어보다가 간 적은 있어요."

소영이의 얘기를 다 듣고 나서 구부정했던 허리를 펴고 상태네 집을 둘러봤다. 주인집으로 올라가는 계단 아래 비스듬하게 숨어 있는 반지하 통로가 보였다. 그곳에서 상태는 꿈도 희망도 없이 지냈을 거란 생각이 들었다. 한순간 멍해졌다. 소영이가 먼저 대문을 열고 안으로 들어갔다. 그리고 따라 들어오라는 손짓을 했다. 잠시 주저하다가 그 뒤를 따라 들어갔다. 소영이는 반지하로 통하는 계단을 내려가 알루미늄 새시 문을 열쇠로 열었다. 아직 해가 떨어지지 않았음에도 불구하고 집 안으로 햇빛이 들어오지 않아 실내는 지독하게 어두웠다. 불을 켜고 들어간 소영이가 벽 쪽 작은 테이블에 비닐봉지를 올려놨다. 집 안은 잔뜩 어질러진 상태였다. 싱크대 한쪽으로 빈 소주병들이 다닥다닥 붙어 있었는데 어림잡아 스무 병은 넘어 보였다. 내 시선이 그쪽에 머문다고 느꼈는지 소영이가 아이답지 않게 한숨을 쉬면서 말했다.

"할머니 거예요."

"술을 많이 드시긴 했구나."

"하루에 두 병씩이요. 할머니는 술만 드시면 고향 얘기랑 죽고 싶다는 얘기밖에 안 했어요. 너무 싫었어요."

"부모님이 안 계시면 생활비는?"

"동사무소에서 나오는 지원금으로 해결해요. 가끔 사람이 나오기도 했고요. 지금 컵라면 먹을 건데 같이 드실래요?"

마음에도 없는 소리라는 게 뻔히 느껴져서 손사래를 쳤다.

"점심을 늦게 먹었어. 커피 있으면 한잔 줄래?"

"네."

소영이는 싱크대 구석에 놓인 전기 포트에 수돗물을 채우고 짱구 캐릭터가 그려진 낡은 컵을 꺼냈다. 나는 집 안을 찬찬히 둘러봤다. 열 평 조금 넘는 집에 방이 두 개뿐이어서 굳이 일어나 다니지 않아도 충분히 내부를 살펴볼 수 있었다. 벽 군데군데 곰팡이가 피어 있는 상태네 집에서는 여느 가정집에서 느낄 수 있는 온기라고는 전혀 찾아볼 수 없었다. 부글거리면서 물이 끓자 소영이가 컵라면에 먼저 붓고 남은 걸로 커피를 타서 내 앞에 놨다.

"자, 커피 드세요."

"고마워. 근데 요즘 오빠가 어땠니?"

"평소랑 똑같았어요. 항상 돈 되는 일을 찾고 있었어요. 동사무소에서 나오는 돈을 할머니가 소주 사는 데 써 버리거든요."

"누구 낯선 사람이 집으로 찾아오거나 오빠랑 만난 적은?"

"없었어요. 오빠는 친구가 없거든요."

"돈 때문에 협박 같은 걸 받지는 않았고?"

"가끔 아빠 빚 받으러 온 사람들이 뭐라고 한 적은 있어요. 하지만 오빠는 우리가 미성년자라 모른다고만 했어요."

갈수록 미궁이었다. 정황 증거는 명백한데 범행 동기나 배경은 찾을 수 없었기 때문이다. 나는 고민에 빠져서 커피를 한 모금 마셨다. 후루룩거리면서 컵라면을 먹던 소영이가 젓가락을 내려놓고 말했다.

"오빠한테 전화는 왔었어요."

"언제?"

"어제 오후에요."

어제 오후라면 사고가 일어난 직후였을 것이다. 아마 내게 전화하기 직전이나 직후에 걸었을 것이다.

"뭐라고 했는데?"

"잠깐 어디 좀 다녀와야 하니까 잘 있으라고요."

"너 혼자서?"

젓가락을 다시 집어 든 소영이는 대답 대신 고개를 끄덕거렸다. 이별을 겪고 혼자 지내는 일에 익숙한 아이의 처연한 눈빛에서 그동안 겪었을 힘든 일들을 짐작할 수 있었다.

"급하면 아저씨를 찾아가라고 연락처를 남겼어요."

"뭐라고?"

"그래서 오신 거 아니에요? 마침 햇반이랑 라면이 다 떨어졌거든요."

졸지에 덤터기를 쓴 기분이었다. 하지만 기대에 찬 소영이의 눈빛을 보자 한숨이 나왔다.

"커피 마시고 일단 나가자."

"저 순댓국 먹고 싶어요."

"그래."

하지만 속으로는, 초등학생 주제에 컵라면까지 먹고 순댓국이 웬 말이냐고 생각하면서 몸을 일으켰다. 그때는 몰랐다. 내가 소영이를 오판했다는 것을.

소영이는 순댓국 특 사이즈를 혼자서 거의 다 먹어 치우고 있었다. 서빙을 하는 조선족 아주머니가 테이블에 깍두기를 추가로 가져다주고 돌아설 때 휴대폰이 울렸다. 액정 화면에 배불뚝이 강 형사의 이름이 떴다. 소영이는 여전히 순댓국 한 대접을 비우느라 정신없이 숟가락질을 하고 있었다. 소영이를 보며 잠깐 통화를 하고 오겠다는 손짓을 하고는 밖으로 나왔다.

"강 형사님, 안 그래도 전화 드리려고 했는데."

"야! 우리가 무슨 애인 사이도 아니고 뭐 하러 전화를 주고 받냐?"

강 형사의 종잡을 수 없는 아재 개그에 피식 웃음이 새나왔지만 억지로 참았다.

"상태가 범인이 아닌 거 같아요."

"아쭈! 범인 비호하는 거냐?"

"법정에서 판결이 나기 전까지는 범인으로 특정하는 게 불법 아닙니까?"

"법정이고 나발이고 걔 끝났으니까 정신 차려, 인마."

"무슨 소리예요? 지금 걔네 집에 여동생밖에 없다고요."

"그게 무슨 상관인데?"

"할머니가 병원에 실려 가서 집에 초등학생 여동생밖에 없는데 상태가 무슨 이유로 사고를 치고 잠적을 해요."

"야! 사고 치는 놈들 중에 가족 챙기는 놈은 여태 본 적이 없어."

"아무튼 제가 알아봤는데 상태는 이상한 사람을 만난 적도 없고, 협박 같은 걸 받은 적도 없는 데다가 학교에서는 원래 왕따였대요."

"딱 범인이네."

"원래 왕따라고 했잖아요. 그러니까 딱히 지금 와서 사고를 칠 이유가 없다고요."

"네가 아무리 그래 봤자 소용없어. 물증이 딱 나왔거든."

"그런 거 없다면서요."

"없는 걸 찾아내는 게 형사지. 거기다 걔 신상 정보 다 떴어."

"정말요? 경찰이 흘린 거죠?"

"그 학교 애들이 흘린 정보가 지금 인터넷에 쫙쫙 퍼지고 있단 말이야."

"애들이요?"

"그래, 아까부터 기사 댓글에 '창곡중학교 학생인데요.'라는 제목의 댓글들이 올라오고 있어. 실시간 검색어 순위에도 오르고 난리도 아니야."

그 얘기를 들으면서 아까 학교에서 만난 아이들이 떠올랐다. 상태에 대한 반감이 많아 보이긴 했다. 한숨을 푹 내쉬었더니 강 형사가 선심 쓰는 말투로 말했다.

"나 오늘 당직이니까 증거 영상 보고 싶으면 이따가 와. 대신 커피 쏴라."

"민중의 지팡이가 저 같은 서민 등골을 빼먹어도 됩니까?"

"영화에서는 탐정이 경찰한테 되게 친절하던데 너도 좀 보고 배워라."

"원래 탐정이랑 경찰은 앙숙이에요. 셜록 홈스랑 레스

트레이드 경감 사이 몰라요?"

"암튼 이따가 와라. 궁금한 것도 있고 말이야."

통화를 끝내고 들어가자 소영이가 순댓국 한 대접을 싹 비우고 깍두기를 먹는 중이었다.

"야! 그것만 먹으면 짜!"

"맛있잖아요. 저는 잘 익은 김치만 있으면 밥 한 그릇 다 먹을 수 있어요."

"아저씨는 이제 가 봐야 해."

일어나야 한다는 말에 소영이는 입맛을 다시면서 따라 일어났다. 내가 계산을 하는 사이 소영이가 카운터 옆 커피머신의 버튼을 눌러서 인스턴트커피를 뽑아 주었다.

"고맙다."

밖으로 나온 나는 주머니의 돈을 탈탈 털어서 소영이에게 건네주고 휴대폰 번호를 알려 줬다.

"무슨 일 생기거나 오빠한테 연락 오면 나한테 전화해라."

횡단보도를 건너서 집으로 향하는 소영이를 지켜보던 나는 휴대폰을 열고 검색을 했다. 강 형사 말대로 기사 댓글의 '창곡중학교 학생입니다.'로 시작하는 제목의 글들은 상태가 얼마나 불량하고 나쁜 학생인지 밝히는 내용이 대부분이었다. 그리고 문제의 그날, 체육 시간에 거짓말을 하고 밖으로 나오지 않았고, 화재 직후에 사라졌다는 말도 덧붙였다. 그 아래에는 상태를 욕하는 댓글들이 주르륵 달려 있었다.

'대체 어떻게 돌아가는 거야?'

상황이 점점 더 안 좋게 돌아가는 건 확실했다. 잠시 고민하던 나는 경찰서 앞을 지나는 버스를 타러 정류장으로 향했다.

어두컴컴해진 경찰서 복도를 지나 강 형사가 있는 사무실로 들어섰다. 강 형사는 책상에 앉아서 신문을 보는 중이었다.

"커피 사 왔어?"

나는 잠자코 캐리어에서 따뜻한 아메리카노 한 잔을 꺼내 책상 위에 내려놨다. 강 형사는 플라스틱 컵 뚜껑을 열어 향기를 맡더니 한 모금 마시고는 홀가분한 표정을 지었다.

"어제도 집에 못 들어갔는데 식구들 얼굴보다 이 커피 생각이 더 간절하더라고."

"증거는 얼마나 명확한가요?"

"바로 본론으로 훅 치고 들어오네. 자, 이거야."

손에 든 커피를 내려놓고 강 형사는 모니터를 내 쪽으로 돌렸다.

"창곡중학교 본관 후문을 비추는 CCTV야."

약간 기울어지고 찌그러진 흑백 화면에 학교 후문과 바깥쪽 담장이 잡혔다. 낮에 가서 살펴봤던 것과 비슷한 각도로 비추고 있었다.

"담장을 넘어가는 CCTV 영상이 있다고 전에도 말씀하셨잖아요."

"그 앞에 다른 영상이 있었어. 잠자코 보라고."

잠시 후, 가방을 둘러맨 상태가 주변을 살피다가 담장을 넘어서 학교 안으로 들어가는 장면이 잡혔다.

"이게 교실에서 폭탄이 터지기 15분 전 화면이고, 그다음 영상은 폭탄이 터진 다음이야."

화면이 잠시 어두워졌다가 다시 밝아지자 이번에는 반대로 상태의 뒷모습이 보였다. 가방을 들고 있지 않았다.

"화면을 분석했더니 처음 들고 갔던 가방이 교실에서 터진 폭발물이 든 가방이었어."

"어제 보여 주신 그거요?"

내 물음에 강 형사가 고개를 끄덕거렸다.

"이 정도면 거의 확실하다고 봐도 무리가 없지."

"위에서 잡아넣으래요?"

"위가 아니라 사방에서 다 그래. 중딩 하나 못 잡는다고 경찰을 욕하는 얘기 천지야."

"언제부터 경찰이 그런 거에 신경 썼다고 그러세요?"

"오늘 걔네 학교에 갔다 왔다며?"

"그걸 어떻게?"

놀란 내가 묻자 강 형사가 씩 웃었다.

"기자라고 뻥치고 들어간 거 다 알아. 정문에도 CCTV가 있거든."

이럴 때는 빨리 수긍하고 넘어가는 게 좋다.

"학교 갔다가 걔네 집에 가서 여동생을 만났어요."

"보호자가 없다고 들었는데?"

"부모님은 모두 안 계시고 할머니랑 같이 살았는데 할머니가 알코올 중독으로 병원에 입원해서 지금은 여동생 혼자 있어요."

"어휴, 낳기만 하고 책임지지 않는 인간들이 너무 많아."

자칫하다가는 얘기가 또 이상한 데로 흘러갈까 봐 냉큼 끼어들었다.

"학교에서도 원래 왕따였고, 최근에 특별히 이상한 징후가 보이지는 않았대요. 행여 자기한테 문제가 생기면 여동생만 남게 되는 상황인데 그런 일을 벌일 친구는 아니라고요."

"앞뒤 안 재고 사고 치는 인간들이 얼마나 많은지 알게 되면 너도 놀랄걸. 기자들이 하도 들볶아서 위에서는 빨리 끝내래. 그리고 정말로 죄가 없으면 경찰서에 나와서 당당하게 얘기하면 되잖아."

"인터넷 보니까 상태가 이미 범인이던데요? 상태를 범인이라고 올린 애들은 대체 누구예요?"

"나도 몰라. 덕분에 우리도 귀찮아졌어."

"상태가 범인일 이유는 없어요."

"알아. 그러니까 혹시 만나면 경찰에 곱게 출두하라고 해. 여기서 다 들어 주고 죄가 있는지 없는지 밝혀 줄 테니까 말이야."

"저도 연락 안 돼요."

"둘이 죽고 못 사는 사이 아니었나?"

"엄격한 비즈니스 관계였어요. 서로의 사생활에는 관심 없었다고요."

"암튼 이 좁은 대한민국에서 중딩이 도망을 다니면 얼

마나 다니겠어? 밖에서 고생하지 말고 들어오라고 해."

"자수해서 광명 찾으란 얘긴가요?"

"광명은 개봉 옆에 있고. 하여간 아직까지는 자진 출두라고 할 수 있지. 하지만 이 정도 증거라면 언제 체포 영장이 발부될지 모르거든."

"진짜요?"

"요즘 들어 여론에 많이 좌우되거든. 다음 주까지 계속 이러면 경찰에서 진짜 움직일지도 몰라."

"그 전에 사실을 밝혀야겠군요."

"여전히 범인이 아니라고 생각하는 거야?"

"그럴 이유가 없잖아요. 거기다 걔는 돈 안 되는 일에는 전혀 관심이 없다고요."

"혹시 알아? 이걸로 유명해져서 돈을 벌려는 건지."

"암튼 걔가 범인이 아니라는 증거를 찾아올게요."

"그럼 나야 좋지. 수고해라. 탐정, 커피 잘 마실게."

자신 있게 말하긴 했지만 밖으로 나오면서 난감한 상황이라는 걸 인정할 수밖에 없었다. 상태가 범인이 아니라는 것은 그럴 리 없다는 추측성 증거밖에 없는 반면, 범인으로 추정할 수 있는 정황 증거는 CCTV 영상을 비롯해서 차고 넘쳤다. 거기다 여론마저 불리하게 돌아가고 있어서 강 형사 말대로 시간이 지날수록 점점 범인으로 굳어질지도 몰랐다. 그동안 여기저기 다니면서 조사했지만 단서가 될 만한 것은 하나도 나오지 않았다. 이제 남은 것이라고는 창곡중학교 유일한 상태의 친구 은율이를 만나는 것뿐이었다.

수사를 마치고 집에 돌아오자 백수 주제에 하루 종일 어딜 싸돌아다니냐는 어머니의 구박이 쏟아졌다. 사건을 해결하는 중이라고 말했지만 어머니는 귀담아 듣지 않았다. 젊었을 적에 〈수사반장〉을 엄청 좋아했다고 입버릇처럼 말했지만 막상 아들이 하는 탐정 일은 딱히 마음에 들어 하지 않았다.

집에서 나오기 전에 혹시나 해서 상태에게 전화를 해 봤지만 여전히 전원이 꺼져 있었다. 그사이 이번 사건을 다룬 갖가지 뉴스들이 계속 언론의 입방아에 오르내렸다. 아예 교권과 함께 학교 체제가 무너진 상징적인 사건으로 취급하기도 했다.

다음 날 은율이를 만나러 다시 학교로 갔다. 다행히 하교 시간에 맞춰 학교 정문 앞에 도착할 수 있었다. 때마침 아이들이 쏟아져 나오고 있었다. 전봇대에 기댄 채 두리번거리며 은율이를 찾고 있는데, 한 무리의 아이들이 엄청 시끄럽게 떠들어 대며 내려왔다. 아이들은 관광지에서나 쓰일 법한 셀카봉을 이리저리 휘두르면서 주변을 소란스럽게 만들었다. 그 가운데 한 아이의 얼굴이 낯익었다. 어제 만났던 아이들 중 하나인 환성이였다. 환성이를 포함한 세 아이 모두 크게 떠들었지만 다른 아이들은 딱히 반응하지 않았다. 귀찮다는 표정으로 지나쳐 가 버렸다. 자기 세상인 것처럼 시끄럽게 떠들어 대던 아이들이 지나가자 뒤이어 은율이로 추정되는 아이가 나타났다. 흰색 옷을 입은 아이는 거의 바닥에 끌릴 정도로 긴 끈을 머리에하고 있어서 눈에 안 띌 수가 없었다. 나는 천천히 아이에게 다가가 가볍게 말을 걸었다.

"은율아!"

내가 부르는 소리에 혼자서 걸어가던 아이가 걸음을 멈췄다. 중학교 2학년 치고는 작은 체구에 까무잡잡한 얼굴을 한 은율이가 눈을 껌뻑거렸다.

"누구세요?"

"상태랑 아는 사람이야. 상태랑 친하다고 하던데?"

"아뇨."

말은 그렇게 했지만 거짓말이라는 걸 금방 눈치챌 수

있었다.

"지금 상태 상황이 많이 안 좋아. 네 도움이 필요하다."

"전 아무런 힘이 없어요."

꼬맹이 주제에 어른들이나 할 법한 얘기를 하는구나 싶어서 속으로는 혀를 찼다. 하지만 마지막 단서를 찾을 수 있는 기회였기 때문에 일단 꾹 참았다.

"진실은 힘이 강해. 걔를 도울 수 있는 건 너밖에 없어."

"전 진짜 아무것도 몰라요."

"몇 가지 질문을 할 테니까 대답해 주면 좋겠어. 저기 아래 공원이면 괜찮겠지? 오가는 행인들도 많으니까."

주저하던 은율이가 고개를 끄덕거렸다.

골목길 중간에 위치한 작은 공원의 시설이라고는 정글짐과 미끄럼틀, 그네와 팔각정이 전부였다. 은율이는 그네에 걸터앉고, 나는 그네 주변을 둘러싸고 있는 울타리에 엉덩이를 걸쳤다. 은율이가 앞뒤로 움직이자 그네에서 삐걱대는 소리가 들렸다.

"상태가 학교에서 왕따를 당한 것 같던데?"

"1학년 때부터였어요."

"돈을 빌리고 안 갚아서 그런 거니?"

"그런 것도 있긴 했는데, 상태는 뭔가 좀 달랐어요. 그래서 아이들이 좀 싫어했고, 특히 이든이 패거리가 싫어했죠."

"이든이는 외국 애니?"

"아뇨. 한이든이요. 뉴질랜드에서 살다가 왔다고 했어요. 걔랑 상욱이랑 환성이가 특히 상태를 싫어했고, 다른 애들도 이든이 때문에 상태랑 가깝게 안 지냈어요."

"환성이면 상태랑 같은 반 애지? 키 크고 멀끔한……."

"맞아요. 걔네 셋이 무슨 익스트림 클럽인가 뭔가를 만들어서 맨날 이상한 걸 찍어서 유튜브에 올려요."

"어떤 거?"

"지난번에는 학교 옥상에서 돌을 던져서 아이들을 맞춘 적이 있고, 올 초에는 화장실에서 폭죽을 터트렸어요."

"그런 짓을 해도 학교에서 가만두니? 이든이 아빠가 판검사라도 되는 거야?"

"그렇다는 소문이 있긴 한데 저도 잘 몰라요."

"그날 상태랑 얘기를 나눈 적 있니?"

"복도를 지나다가 마주치긴 했는데 뭔 생각을 하는지 그냥 지나가더라고요."

"다른 때랑 좀 달랐니?"

145

내 질문에 은율이가 고개를 끄덕거렸다.

"정신이 좀 나간 것 같았어요. 불러도 대답도 안 하고 좀 이상해서 쳐다봤던 기억이 나요."

"폭탄이 터지고 교실에서 불이 난 다음에는 못 봤고?"

"운동장에 있다가 들어가려고 하는데 갑자기 불이 나서 정신이 없었어요. 그러다가 누군가 교실에 상태가 남아 있다며 괜찮은지 걱정이라고 했어요. 저도 걱정이 돼서 양호실에 가 봤더니 상태가 안 왔다고 했어요. 이상하다고 생각했죠."

"그렇게 사라져서 범인으로 지목됐구나."

"다들 그렇게 생각했어요. 인터넷에서는 이미 상태를 범인으로 보던데요."

"확실한 건 아니야. 최근에 상태가 고민을 털어놓거나 그러지는 않았니?"

"돈이 없다고 했어요."

"이상한 사람 만나거나 얘기 나누는 걸 본 적 있니?"

"이상한 사람 누구요?"

"평소 만나던 사람 말고 낯선 사람이나 이 학교 학생이 아닌 학생."

질문을 받은 은율이는 한동안 생각에 잠겼다가 고개를

들었다.

"권준이랑 학교 후문에서 얘기 나누는 걸 봤어요."

"걔는 누구니?"

"박권준이라고 두 달 전에 전학 간 아이예요."

"언제 만났는데?"

"정확한 날짜는 모르겠고, 교실에서 불나기 며칠 전이었어요."

"둘이 친했니?"

"권준이가 돈을 안 빌려 줘서 상태가 싫어했어요."

여기서도 돈 얘기가 나오자 살짝 짜증이 났지만 꾹 참았다.

"그런데 왜 만나서 얘기를 나눈 것 같니?"

"몰라요. 지나가다가 먼발치에서 봤거든요. 둘이 악수하고 헤어지는데 좀 이상했어요."

"둘이 악수한 게?"

"아뇨. 권준이가 학교로 찾아온 거요."

"전에 다니던 학교에 찾아온 게 왜 이상해?"

"권준이는 전학 가면서 절대로 두 번 다시 돌아오지 않겠다고 했거든요."

"안 좋은 이유로 전학을 간 거니?"

"이든이 패거리가 화장실에 가두고 폭죽을 던졌어요."

"그래서 전학 간 거야? 보통은 사고 친 애들이 가잖아."

"학교에서는 누구 짓인지 몰라요. 우리도 나중에 이든 이가 유튜브에 올린 영상을 보고 알았죠."

"그런데 다들 모른 척한 거야?"

"나서기 애매해서요. 권준이가 전학 가고 이든이 패거 리들이 겁을 먹었는지 한동안 조용히 지냈어요. 다들 만족 했죠."

"이야, 어른들 뺨치는구나."

"어쨌든 권준이는 다시는 돌아오지 않겠다고 하고 떠났 어요."

"그런데 다시 학교에 나타났고, 상태를 만났다 이 말이 지?"

"네. 친하지도 않은 상태를 만나려고 돌아왔다는 게 이 상했어요."

"권준이 연락처 아니?"

"몰라요."

"어느 학교에 전학 갔는지는?"

"강산중학교라고 들었어요. 저는 이제 더 할 얘기가 없 어요."

"그, 그래. 잘 가라."

그네에서 내린 은율이가 사라진 후에도 나는 한참 동안 생각에 잠겼다. 상태를 둘러싼 일들이 심상치 않았고, 그것이 어떻게 폭탄으로 변해서 교실을 불바다로 만들었는지도 궁금했다.

집으로 돌아오자마자 방에 들어가서 컴퓨터를 켰다. 구닥다리 컴퓨터가 켜지는 내내 씻으라는 어머니의 잔소리가 들렸다. 어차피 제대로 돌아가려면 시간이 제법 걸리기 때문에 나는 대충 씻는 시늉만 하고 다시 컴퓨터 앞에 앉았다. 은율이 말대로 유튜브에는 한이든 패거리가 올린 동영상이 몇 개 있었다. 영어 제목을 단 동영상 대부분은 아이들이 가벼운 말썽을 피우는 내용들이었다. 하지만 그중 몇 개는 언뜻 보기에도 위험해 보였다. 어떤 동영상에서는 환성이가 화장실 문을 막고 있으면 이든이가 문 너머로 폭죽을 던져 넣었다. 팡팡 폭죽이 터지는 소리와 함께 살려 달라는 비명 소리가 들렸다. 이든이는 휴대폰을 들고 촬영하는 친구를 향해 깔깔거리면서 웃었다. 은율이가 얘기했던, 화장실에서 폭죽을 터트린 문제의 영상 같았다. 짜증이 나도 꾹 참고 몇 번 돌려봤더니 단서가 될 만한 것들이 몇 개 보였다. 계속해서 동영상을 찾아보자 이번 사건에 대한 대략적인 방향이 잡혔다.

"어이구야."

한숨을 내쉰 나는 몇 가지 생각을 정리한 다음 휴대폰으로 전화를 걸었다. 신호음이 한참 가고 나서야 강 형사가 받았다.

"어이, 탐정."

"뭘 하느라 전화를 이제 받으십니까?"

"윗대가리 호출. 뭐 나온 거 있냐?"

"범인을 찾은 것 같습니다."

"벌써? 빠른데."

"사실 어려울 것도 없었어요. 탐문 좀 하고 정황 증거 캐 보니까 다 나오던데요."

"증거는 있는 거지? 요즘 같은 때는 물증 없으면 아무 소용없어."

"자백이면 충분하죠? 무대만 마련해 주시면 제가 해결해 드리겠습니다."

"얘기가 좀 묘하게 흘러간다?"

"아무튼 사람들을 모아 주시면 제가 진상을 밝히겠습니다."

"누굴 모아 달라는 얘긴데?"

"창곡중학교 교장 선생님과 상태의 담임 선생님, 그리고 제가 이름을 부르는 학생들이요."

내가 세 학생의 이름을 얘기하자 강 형사가 미심쩍은 말투로 물었다.

"걔들은 왜?"

"드라마나 영화 보면 막판에 용의자들을 한데 모아 놓고 탐정이 옥죄잖아요. 그리고 범인이 자백하면 경찰이 수갑을 찰칵 채우는 걸로 끝나고요."

"진짜 믿어도 되는 거야?"

못미더워하는 강 형사에게 애걸복걸해서 겨우 승낙을 받았다. 대신 강 형사는 내게 무시무시한 엄포를 놓았다.

"만약 일이 이상하게 흘러가기라도 하면 너한테 수갑 채운다."

사공이 많으면 배가 산으로 간다더니 이번에 진짜로 그럴 뻔했다. 이해관계에 놓인 당사자들이 워낙 많다 보니 만나는 시간부터 장소까지 정하는 게 만만찮았다. 그럴 때마다 배불뚝이 강 형사는 내게 전화를 걸어 하소연했다. 물론 내 대답은 한결같았다.

"원래 범인이 발을 잘 빼는 법이죠."

"어쩌다 내가 이 일에 얽혔는지 모르겠다."

"과장님한테 칭찬받을 일이 생기잖아요."

"만약 범인을 못 잡으면 넌 내 손에 죽는 거다."

"지금 살인 예고 하시는 겁니까?"

"넌 탐정이라는 사람이 어른을 말로 이겨 먹으려고 드냐?"

"백수 오래하면 입만 산다고 어머니가 그러셨어요."

"탐정이라며?"

강 형사 말에 나는 심드렁하게 대꾸했다.

"아직 불법이잖아요. 아무튼 내일 오후에 경찰서로 가면 되죠?"

"2시까지 민원실 2층 회의실로 와라. 만약 거기서 범인 안 나오면 널 잡아서 경찰서로 데려갈 거야."

강 형사의 무시무시한 협박과 함께 통화가 끝났지만 나는 자신만만했다.

당일 아침, 조금 일찍 일어나서 어딘가에 들렀다가 경찰서로 향했다. 경찰서 정문 경비실 옆에는 민원실 간판이 붙은 2층 건물이 있었다. 보통은 경찰서에 배속된 의경들이 가족과 면회를 하거나 경찰서에 접수되는 소소한 민원을 처리하는 곳이라고 강 형사가 얘기해 준 적이 있었다.

시간에 맞춰 2층 회의실로 들어가자 먼저 와서 기다리고 있던 사람들의 시선이 일제히 내게 몰렸다. 서른 평 정도의 회의실 한쪽 벽면에는 바퀴 달린 화이트보드가 서 있고, 그 앞으로 스무 명쯤은 너끈히 앉을 수 있는 긴 회의용 탁자가 놓여 있었다. 화이트보드 쪽 벽면에는 당장은 사용하지 않는 검은색 의자들이 차곡차곡 쌓여 있었다. 팔짱을 낀 채 서 있던 강 형사가 의자에 앉아 있던 사람들에게 나를 소개했다.

"저 친굽니다."

그사이 나는 참석자들의 면모를 재빨리 한 번씩 훑어봤다. 환성이가 포함된 이든이 패거리들은 유튜브 영상을 통해 접한 얼굴들이라 그런지 실제로 봐도 크게 낯설지가 않았다. 환성이 옆에는 패거리의 리더격인 한이든이 앉아 있었는데 키가 환성이보다 컸다. 두툼한 턱에 눈까지 부리부리한 게 중학교 2학년처럼 보이지도 않았다. 셋 가운데 유일하게 안경을 쓴 나광규는 뾰족한 얼굴에 두툼한 뿔테 안경을 썼다. 세 아이 옆에는 담임인 이미애 선생이 무거운 표정으로 앉아 있었다. 내가 유일하게 처음 본 사람이 교장 선생이었는데 강 형사와 맞대결을 해도 전혀 이상하지 않을 만큼 배가 불룩한 데다가, 이마 쪽 머리카락 상당 부분이 후퇴해서 여러모로 눈에 띄었다. 잠시 사람들을 살펴보느라 입을 다물었던 나는 닫혀 있는 문을 다시 열면서 말했다.

"얘기를 시작하기 전에 각자 가지고 있는 휴대폰을 밖에 보관하시죠."

"휴대폰을 왜?"

강 형사의 물음에 나는 피식 웃으면서 말했다.

"제 얘기를 녹취하고 자신에게 유리한 대로 편집해서 언론에 풀어 버릴 수도 있으니까요."

강 형사가 고개를 끄덕거렸다. 내가 먼저 주머니에서 휴대폰을 꺼내 회의실 문 밖에 있는 원형 탁자에 올려놓았다. 그러자 다들 휴대폰을 가지고 나와서 그 위에 올려놓았다. 아이들도 툴툴대면서 휴대폰을 밖에다 놓고 왔다. 제일 마지막에 휴대폰을 꺼낸 한이든이 물었다.

"근데 밖에다 두면 누가 가져가지 않을까요?"

"여긴 민원실 2층이라 올라올 사람이 없어. 걱정 마라."

한이든은 못 미더워했지만 다른 사람들이 이미 휴대폰을 꺼내 놓고 제자리로 돌아갔기 때문에 더는 버티지 못했다. 한이든을 마지막으로, 모든 사람이 휴대폰을 밖에 두고 온 것을 확인하고는 회의실 문을 닫았다. 그리고 입구 쪽에 서서 사람들에게 간단하게 내 소개를 했다.

"안녕하세요. 저는 개봉동에 사는 탐정 민준혁이라고 합니다. 사실 탐정이라는 직업 자체는 아직 공식적으로 인정되지 않기 때문에 그냥 추리 소설 작가라고 생각하셔도 무방합니다."

다들 잠자코 내 얘기를 경청하자 묘한 쾌감이 느껴졌다. 추리 소설에서 탐정이 범인을 잡겠답시고 관련자들을 모아 놓고 떠드는 이유를 알 것 같았다. 잠시 감상에 젖어 있느라 입을 다문 사이, 한이든이 먼저 치고 들어왔다.

"우리까지 데려온 걸 보면 의도적으로 범인으로 몰아가려는 거 아니에요?"

퍼뜩 정신을 차린 나는 의미심장한 웃음을 흘렸다. 그리고 화이트보드 쪽으로 다가갔다.

"며칠 전 창곡중학교 2학년 교실에서 화재가 발생했습니다. 화재 원인은 부탄가스와 라이터를 이용한 사제 폭탄이었습니다. 폭탄이 초보적인 수준이었던 데다가 마침 교실이 비어 있어서 다행히 인명 피해는 없었죠. 사건 발생 초기부터 2학년 안상태 군이 범인으로 지목되었습니다. 체육 시간에 배가 아프다는 핑계로 운동장으로 나가지 않았고, 폭발로 인한 화재 발생 직후 사라졌기 때문입니다. 안상태 군은 현재까지 휴대폰을 끄고 잠적한 상태이기도 하죠."

그 얘기를 듣고 가장 먼저 반응한 사람은 배불뚝이 교장이었다. 한참 헛기침을 하던 그가 가래 섞인 목소리로 말했다.

"우리 학교에서 이런 일이 벌어져서 굉장히 안타깝게 생각합니다. 그래서 경찰한테도 하루빨리 수사에 착수해서 엄정하게 처리해 줄 것을 거듭 요청했는데, 기껏 탐정이라는 사람을 불러다가 이런 얘기나 듣게 하다니요?"

강 형사 들으라고 한 얘기였다. 강 형사는 잠시 난감한 표정을 지었지만 이내 계속하라는 눈짓을 보냈다.

"안상태 군이 범인으로 몰린 이유는 두 가지입니다. 평소 학교에서 왕따를 당해서 원한이 쌓였다는 점과 사건 직후 사라졌다는 점이죠. 하지만 범인으로 단정하기에는 몇 가지 의문점이 있습니다."

"그게 뭔데요?"

화가 잔뜩 나 있는 교장의 눈치를 보던 이미애 선생이 물었다.

"우선, 안상태 군은 이미 1학년 때부터 왕따를 당해 왔다는 점입니다. 새삼스레 어제오늘 일도 아닌데 갑자기 이 시점에서 그런 행동을 할 이유가 있을까요? 거기다 자기 반 교실도 아니고 다른 반 교실에 폭탄을 터트리다니 이 상하지 않습니까? 안상태 군은 갑자기 왜 그런 짓을 저지르고 아무런 변명도 없이 종적을 감춘 걸까요?"

"그거야 겁이 나서 어딘가에 짱박혀 있겠죠. 또라이 같은 애라서 이해할 수 없다고요."

잠자코 듣고 있던 한이든의 말에 두 아이들이 동조한다는 듯 고개를 끄덕거렸다.

"그렇다고 해도 설명이 안 되는 부분들이 있지. 진짜 또라이라면 아이들이 있는 교실에서 폭탄을 터트리는 게 맞아. 하지만 엉뚱한 빈 교실을 잿더미로 만들었다는 건 납득할 수 없어."

"그건 안상태를 잡아서 직접 물어보면 되죠. 막판에 겁이 나서 그랬을 수도 있잖아요."

한이든이 날카롭게 파고들었다. 작지만 패거리를 이끌고 있는 리더다웠다. 지켜보는 강 형사의 얼굴에는 초조함이 깃들었다.

"화재 현장에서 발견된 가방을 상태가 매고 있는 화면을 증거로 확보했다고 경찰이 말했지만, 사실은 그 가방을 매고 본관 후문으로 들어오는 모습이 찍힌 겁니다. 그 얘기는 밖에서 누군가에게 가방을 받아서 들어왔다는 얘기죠."

그 얘기를 들은 강 형사가 움찔했다. 영상을 봤을 때부터 품었던 의문이었다. 분위기를 잡았다고 생각하자 곧바로 한이든에게 물었다.

"박권준이 누군지 아니?"

"권준이요? 몇 달 전에 전학 간 친구예요."

"유튜브에서 네가 그 아이를 괴롭힌 영상을 봤다."

"장난이었어요. 이미 사과도 했고요."

타격을 받을 줄 알았는데 한이든은 의외로 멀쩡하게 받아넘겼다. 나는 공격 타깃을 바꾸어 교장에게 물었다.

"알고 계셨습니까?"

"교육청에서 감사까지 받고 끝난 문제야. 학교폭력위원회를 열어서 징계를 내렸고, 사과까지 했단 말이지."

"하지만 권준이가 전학을 갔죠."

"그건 권준이 부모님이 결정한 문제라서 말이야."

"권준이가 전학 간 학교에서도 제대로 적응하지 못한다고 들었습니다."

나는 시선을 다시 한이든에게 고정했다.

"그건 걔 탓이죠. 뭐든 남 탓하는 애들은 질색이에요."

한이든은 이번에도 잘 빠져나갔다. 나는 속으로 이게 아닌데 하며 식은땀을 흘렸다. 바로 본론으로 들어가기로 작정했다.

"권준이가 상태와 만났다는 정보를 입수했다. 사고가 발생하기 얼마 전에 말이다."

"아마 빌린 돈을 갚으라고 찾아왔을 거예요. 그 거지새 끼는 누구한테나 돈을 빌린다고요."

"권준이가 전학 간 학교에서 특히 화학 시간에 열심이 었다고 하더구나. 다른 과목 시간에는 있는 듯, 없는 듯 지 냈는데 유독 화학 실험에만 열심히 참여해서 칭찬까지 들 었대."

"그래서요? 학원 가는 시간까지 빼서 힘들게 왔는데 자 꾸 이상한 얘기만 하실 거예요?"

"내 생각은 이렇다. 복수에 눈이 먼 권준이가 폭탄을 만 들어서 창곡중학교로 가져왔을 거라고. 학교에 도착해서 후문으로 들어가려고 했는데 상태와 우연찮게 마주친 거 지. 아니면 권준이가 사전 답사를 왔을 때 마주친 상태가 이미 상황을 눈치채고 권준이를 막은 것일 수도 있고."

"상태는 남의 일에 그렇게 나서는 애가 아니에요."

한이든이 심드렁하게 대꾸하면서 피식 웃었다. 잠자코 듣고 있던 교장이 헛기침을 하더니 앞으로 나섰다.

"뭔가 잘못 알고 계신 것 같은데 권준이는 사건이 벌어진 날 한국에 없었어요."

"네?"

"그 전날, 부모와 함께 유럽 여행을 갔습니다. 권준이가 전학 간 학교의 교장이 저와 잘 아는 사이인데 그 문제로 몇 번 통화한 적이 있어요. 그리고 권준이는 그럴 애가 아닙니다. 유독 화학 시간에 열심이었던 건 화학 과목을 가르치는 선생님이 권준이를 아꼈기 때문이죠."

교장의 말이 끝나기 무섭게 한이든이 키득거리며 웃었다.

"탐정이라더니, 완전 헛다리 짚는 데 선수네."

강 형사 또한 몹시 화난 표정으로 내 쪽을 쳐다봤다.

"야! 고작 그런 얘기나 하려고 다 불러 모으라고 한 거야?"

"그, 그게……."

내가 당황하는 모습을 보이자 한이든이 의자에서 벌떡 일어났다.

"이제 학원 가도 되죠?"

그때 똑똑 하고 문 두드리는 소리가 났다. 문이 살짝 열리고 고개를 내민 사람은 상태의 여동생 소영이였다.

"아저씨! 다 풀었어요."

"찾았니?"

"네. 아저씨 휴대폰이랑 형사 아저씨 휴대폰으로 전송했어요."

"휴! 쇼 하느라 힘들었는데 잘했어."

나와 소영이의 대화를 듣고 있던 한이든이 눈살을 찌푸린 채 물었다.

"저 꼬맹이는 누구예요?"

"상태 동생 소영이야."

"쟤가 왜 여기 있는 건데요?"

"네 휴대폰에서 뭘 좀 찾으려고 데려왔어."

"뭐라고요?"

갑자기 목소리가 커진 한이든이 나를 밀치고 밖으로 뛰쳐나갔다. 그리고 원형 탁자 위에 있던 휴대폰을 잽싸게 챙겼다.

"남의 휴대폰을 들여다보는 건 불법이에요!"

고래고래 소리를 지르는 한이든의 곁을 지나 휴대폰을 챙기며 내가 대꾸했다.

"해킹한 것도 아니고 잠금 패턴을 풀어서 본 건데?"

"그건 어떻게 안 건데요?"

"유튜브."

"네?"

나는 어리둥절한 얼굴로 반문하는 한이든에게 잠금 패턴 그리는 시늉을 했다.

"네가 친구들이랑 찍어서 올린 영상에 나오더라고. 좀 어렵긴 했지만 확대해서 보니까 알겠더라."

그러는 사이, 자기 휴대폰을 챙겨서 전송된 동영상을 본 강 형사가 혀를 찼다.

"아이고, 이놈들 진짜……."

"왜 그럽니까?"

배불뚝이 교장이 호기심에 못 이겨 물어보자 강 형사가 대꾸했다.

"세 놈이 상태를 협박했네요. 교실에 폭탄을 터트리라면서 가방을 줬어요."

"뭐라고요?"

교장이 개구리눈처럼 툭 튀어나온 눈을 하고 강 형사의 휴대폰을 들여다보는 사이 나는 한이든에게 다가갔다.

"유튜브에 재미있는 영상을 올리려고 폭탄을 만든 거지? 그리고 너희가 직접 하면 혹시나 문제가 생길까 봐 상태를 협박했고 말이야."

한이든은 아무 말 못 하고 눈만 껌뻑거렸다.

"동영상에 그런 얘기를 주고받는 것까지 다 나오더라. 거기다 네가 폭죽을 넣어 다니던 가방이 바로 폭탄이 터진 그 가방이었어. 녹색에 가운데 똑딱 단추 달린 거 말이야."

"우린 그냥 부탁만 한 거라고요."

한이든은 어느새 울상이었다. 나는 고개를 저었다.

"공손하고 정중하게 부탁한 것처럼 안 보이던데? 거기다 인터넷에 상태가 범인이라고 글 올린 게 너희들이잖아."

"아니에요. 증거 있어요?"

"너야 꼼꼼하게 증거를 안 남겼겠지. 하지만 환성이랑 광규는 그렇지 않더라."

이름이 불린 두 아이는 움찔했다. 한이든이 두 아이를 사납게 쏘아봤고 나는 그 모습을 확인하며 덧붙였다.

"댓글 퍼다 나른 아이디가 너희 둘이란 건 금방 확인했어. 문제는 물증인데 아무래도 이든이 네 휴대폰에 저장을 해 놨을 거 같았어."

"그래서 회의한답시고 휴대폰을 밖으로 내놓게 했군

163

요."

"빙고."

"그거 불법이에요."

"야, 이 씨발놈아!"

갑자기 버럭 소리를 지르자 한이든이 움찔했다.

"불법은 네가 저질렀잖아. 패거리 조직해서 애들 괴롭
히고 죄 없는 상태를 협박해서 교실에 폭탄을 터트리고
방화를 했잖아. 어디서 못된 것만 배워 가지고 툭하면 죄
가 없다는 둥, 불법이라는 둥 아무 말이나 떠벌려!"

"하여튼 불법이에요."

"그럼 너희들이 상태한테 죄를 뒤집어씌우고 일부러 그
런 소문을 퍼트린 건? 그건 그냥 장난이야?"

"그건 쟤네들이 한 거고 제가 그랬다는 증거는 없잖아
요."

"오호라! 이제 아예 꼬리를 자르시겠다."

분위기가 점점 험악해졌다. 이때 죄를 뒤집어쓸 것 같
았는지 환성이가 더듬거리면서 변명을 했다.

"저는 그냥 이든이가 하자는 대로 했어요."

"그래, 넌 죄가 없어. 처음에 불 지르자고 한 게 이든이
니?"

"네. 멋진 영상을 유튜브에 올려야 조회 수도 나오고 유명해진다고 했어요."

"폭탄은 누가 만들었는데?"

"이든이랑 광규요. 저는 구경만 했어요."

환성이의 얘기를 들은 광규가 당황하며 손사래를 쳤다.

"아니에요. 저도 보기만 했어요. 부탄가스랑 라이터는 환성이가 사 왔어요."

"그건 이든이가 시켜서 사 온 거예요."

환성이와 광규가 티격태격하면서 분위기가 급변하자 이든이도 당황하는 눈치였다. 거기다 지켜보고 있던 강 형사가 무섭게 쏘아보자 당장이라도 울 것 같은 표정이었다. 이든이가 내게 매달렸다.

"잘못했어요. 한 번만 봐주세요."

"상태는 그렇게까지 큰 불이 날 줄은 몰랐지?"

"네. 그냥 연기만 나는 거니까 교실에 가져다 놓으라고 했어요. 그럼 애들한테 빌린 돈 안 갚게 해 주겠다고 하니까 알겠다고 했고요."

"아무것도 몰랐던 상태는 교실에 불이 나고 다 뒤집어쓸 것 같으니까 도망친 거지. 왕따였던 자기 얘기를 들어 줄 사람도 없었으니까. 그리고 너희들은 상태를 범인으로 몰려고 인터넷에 글을 올렸고 말이야."

이든이는 별다른 대꾸 없이 잘못했다고만 말했다. 나는 고개를 돌려 회의실 안에서 교장과 얘기를 나누고 있는 강 형사를 바라봤다.

"애들 완전 악질 아닙니까?"

"현행범 뺨치지. 하지만 미성년자라 심하게 처벌받지는 않을 거야."

"이런 애들이 커서 범죄자가 되는 거잖아요."

"애들 나름이지. 어쨌든 자라나는 새싹이잖아."

"새싹도 새싹 나름이죠."

강 형사와 내 얘기를 듣고 있던 교장이 끼어들었다.

"이건 학교 안에서 벌어진 일입니다. 그러니 제가 책임지고 해결하도록 하겠습니다."

강 형사는 대답 대신 나를 바라봤다.

"죄송한데 다른 사람을 협박해서 폭탄을 터트린 건 학교에서 해결할 수 있는 범주를 넘어서는 일 같아요."

"그래도 이제 겨우 중학교 2학년일세."

"올 초에 저 애들이 화장실에 친구를 가둬 놓고 폭죽을 터트렸죠. 그때 제대로 처벌했으면 이런 일은 없었을 겁니다."

"아직 어린 학생들이야. 어른이 되기 전까지는 말썽도 피우고 반성도 하면서 자라는 거지."

교장의 대답에 나는 세 아이를 바라봤다. 어른들을 무시할 정도로 기세등등했던 아이들은 이제 서로를 헐뜯으며 저희끼리 싸우는 중이었다. 나도 모르게 한숨이 나왔다.

"저 아이들이 지난번 일을 제대로 반성했다면 이번 일은 없었을 겁니다. 제 방식대로 해결하도록 하겠습니다."

"무슨 방식?"

나는 어리둥절해하는 교장에게 휴대폰을 흔들어 보였다.

"조금 있다가 인터넷을 확인해 보세요."

교장 허둥지둥 휴대폰을 들여다보는 사이, 소영이에게 물었다.

"다 올렸니?"

"얘기하신 사이트에 다 올렸어요. 제목은 '창곡중학교 화재의 진실을 알려드립니다.'라고 했고요."

"잘했어."

내가 소영이의 머리를 쓰다듬는 사이, 휴대폰을 들여다보던 한이든이 비명을 질렀다.

"으악! 인터넷에 영상이 올라갔어."

아이들이 어찌할 바를 모르고 허둥대는 사이, 강 형사

가 다가왔다.

"과장한테 가야 할 것 같아."

"제가 구렁텅이에서 빼내 준 겁니다."

"고맙다. 잘못했다가는 우리만 독박 쓸 뻔했어. 그런데 쟤들 짓이라는 건 어떻게 안 거야?"

"그건 몰랐고요. 일단 상태가 남겨 놓은 증거를 찾은 겁니다."

"어디서?"

"후문 CCTV요. 가서 봤더니 구형이라 한쪽 방향만 비추더라고요. 상태같이 눈치가 백단인 애가 그걸 모를 리가 없는데, 가방을 매고 들어가는 장면이 찍혔잖아요."

"일부러 찍혔다는 얘기야?"

"맞습니다. 그리고 담장을 넘으면서 잠시 주춤거리며 카메라 쪽을 쳐다봤어요. CCTV 위치를 확인해 보려던 거였죠. 그리고 저 녀석들이 올린 유튜브 영상을 보다가 문제의 가방을 찾았고요. 결정적으로 폭죽을 가지고 놀던 이든이가 딴 애들한테 '진짜 폭탄 한번 만들어 볼까?'라고 하는 걸 봤어요."

"맙소사! 완전 당할 뻔했네."

"암튼 무대 마련해 주셔서 고맙습니다. 이제 상태는 아무 문제 없는 거죠."

"그럼. 안심하고 자수, 아니 돌아오라고 해."

강 형사가 서둘러 계단을 뛰어 내려가자 기다렸다는 듯 교장이 다가와 하소연을 했다.

"아니, 좋게 해결하지 이렇게 떡 하니 올려 버리면 어떡 하나? 아이들 상래 생각도 좀 해야지."

"좀 더 솔직하게 얘기하시죠. 아이들 생각을 한 겁니 까? 본인 생각을 한 겁니까?"

내 말이 비꼬는 투로 들렸는지 교장이 버럭 소리를 질 렀다.

"난 교육자로서 한 점 부끄러움이 없는 사람이야!"

"진짜 부끄러움이 없는 사람은 변명 같은 거 하지 않습 니다. 제가 보기에는 교장 선생님이 이번 사건의 진짜 배 후 같아요."

"상태도 잘한 건 없어. 가방을 가져다 놓지 않았으면 이 런 일이 아예 안 벌어졌을 거야."

"대신 더 심한 왕따를 당했겠죠. 다들 눈감고 있는 사이 에 말입니다. 참……."

나는 깜빡 잊어버렸다는 표정으로 손에 들고 있던 휴대 폰을 교장에게 다시 흔들어 보였다.

"제가 실수로 녹음 버튼을 눌렀네요."

"지, 지금 날 협박하는 건가?"

"아뇨. 알려 드리는 겁니다. 만약 제가 생각하는 수준의 반성과 자숙이 없다면 잘 아는 기자한테 이걸 보낼 겁니다."

"탐정이 아니라 완전 양아치였군!"

그런 얘기를 듣는데도 기분이 좋았다. 그 기분 그대로 웃었더니 교장이 흠칫 놀라는 표정이었다.

"제가 양아치라 오늘 중에 보내 버릴 수도 있어요."

교장을 성난 눈으로 쩨려보고 민원실 밖으로 나왔더니 소영이가 물었다.

"이제 오빠 돌아와요?"

"그럼. 이제 불장난이 끝났잖아."

추가로 주문한 감자튀김을 가지고 자리로 돌아오자 상태가 남은 콜라를 쭉쭉 마시다가 길게 트림을 했다.

"많이 먹어라, 도망자."

"딴 건 다 참을 수 있는데 KFC 감자튀김은 진짜 그리웠어요."

"찜질방에 숨겠다는 아이디어는 괜찮았어."

"아빠 따라온 척하고 수건 푹 눌러쓰고 있으니까 이상하게 생각하진 않더라고요. 그래도 혹시나 해서 하루에 한 번씩 찜질방을 바꿨죠."

"그런데 정말 몰랐니?"

"그렇다니까요. 연기만 난다고 해서 그대로 믿었죠."

"남을 잘 믿는 성격은 아니잖아."

"안 한다고 버티니까 10만 원을 주더라고요. 그래서 의심이 들었죠. 그럴 놈들이 아니었는데 말이죠. 그래서 6반에 던진 거예요. 그나마 거기가 소화전 근처였거든요."

"그리고 그 돈이 도피 자금이 된 거네."

상태가 고개를 끄덕거렸다.

"그런 셈이죠. 연기만 난다고 했는데 갑자기 불이 나서 진짜 놀랐거든요. 세 놈이 시켰다고 얘기해 봤자 증거도 없고 내 얘기를 믿어 줄 것 같지도 않아서 일단 튀었어요. 그리고 솔직히 지치기도 해서 좀 쉬고도 싶었어요."

"중학생이 대체 쉬어야 할 일이 뭐가 있냐?"

"요즘 애들은 고민이 많다니까요."

"학교는 요즘 어떠냐?"

감자튀김을 꼭꼭 씹어 먹던 상태가 대꾸했다.

"난리도 아니죠. 뭐, 교장 선생님은 징계 먹고 잘렸어요.

이미애 선생님은 이번 학기까지만 하고 그만둔대요. 그래
도 착한 선생님이었는데."

"착해서 못 버틴 거지. 이든이 패거리는?"

"셋 다 무기정학 나왔어요. 이든이 아버지가 학교에 와
서 난리를 쳤는데 그게 오히려 안 좋은 영향을 미쳤나 봐
요. 환성이랑 광규는 무기정학 풀리면 그냥 다닐 것 같은
데 이든이는 딴 학교로 갈 거 같아요."

"어쨌든 평화가 찾아온 거네?"

"시간이 지나면 다른 악당들이 나타나겠죠."

"네가 그 악당은 아니고?"

"전 착한 학생이에요."

"그나저나 권준이는 왜 왔던 거냐?"

"빌린 돈 갚으라고요. 다시는 안 돌아온다고 해서 안심
했는데 갑자기 찾아와서 깜짝 놀랐어요."

"빚쟁이 인생이라 고달프군."

"대신 사회 나가면 잘 지낼 자신 있어요. 저만큼 세상
물정 잘 아는 사람이 어디 있겠어요."

"말이나 못하면 몰라."

내가 꿀밤을 쥐어박는 시늉을 하자 상태가 환하게 웃
었다.

"혹시나 하고 전화했는데 진짜로 도와줘서 고마워요."

"알면 다행이고."

"돌아온 기념으로 감자튀김 하나 더 사 주시면 안 돼
요?"

"그만 좀 먹어."

나는 입으로는 투덜거렸지만 주문을 하러 카운터로 향
했다.

리얼리티
쇼

하마터면 누명을 쓸 뻔한 교실 폭탄 테러 사건이 마무리되고 나 나름의 휴식 시간을 가질 수 있었다. 교장 선생님을 자른 학교에서는 내게 별다른 간섭을 하지 않았고, 준혁 아저씨도 새삼 나의 소중함을 깨달았는지 잘해 줬기 때문이다. 하지만 그렇게 잘해 준 이유가 따로 있다는 걸 며칠 전 맘스터치에서 새로 나온 치킨 버거를 얻어먹으면서 알게 되었다.

"TV요?"

"그래, 요즘 유행하는 리얼리티 프로그램이래."

"그런 건 이제 한물가지 않았어요?"

"그게 무슨 상관이야. 어쨌든 나한테 출연해 달라고 피디가 직접 찾아왔다 이거 아냐."

으스대는 표정으로 준혁 아저씨가 콜라 잔 옆에 명함을 내려놓았다. 명함에는 공중파 방송국 로고와 함께 '차현수 PD'라는 이름이 박혀 있었다. 본인 자랑하는 걸로는 대한민국에서 둘째가라면 서러워할 준혁 아저씨는 쉴 새 없이 떠들어 댔다.

"여태껏 셜로키언들을 다 만나 봤는데 나 만한 사람이 없다고 하더라고. 그래서 생각 좀 해 보겠다고 했더니, 그 다음 날 오전부터 문자에다 카톡까지 엄청 밀어붙이더라. 장난 아니었어."

"어련하시겠어요."

"콘셉트도 나쁘지 않아. 사람이 살지 않는 무인도에 참가자들을 모아 놓고 문제를 풀게 하는 거지."

"풀 때마다 상금이 있나요?"

"일단 섬에 남을 수 있는 권한을 준대. 그리고 마지막까지 남으면 상금이 얼만지 알아? 자그마치……."

준혁 아저씨가 손가락 다섯 개를 쫙 펼친 순간 나도 모르게 입이 쩍 벌어졌다.

"서, 설마 5천만 원요?"

"그렇다니까!"

"이야! 대박!"

"그게 다가 아냐. 영국 홈스 박물관에도 보내 준다더라."

나는 아저씨한테 떨어질 떡고물을 기대하면서 물개 박수를 쳤지만 속으로는 조금 초조했다. 혹시나 날 버리고 아저씨 혼자 가려는 건 아닌지 해서 말이다. 하지만 다행스럽게도 내 의문은 오래가지 않았다.

"그리고 조수인 너도 데려오래."

"진짜요?"

"너랑 나랑 같이 해결했던 사건들을 잘 알고 있더라. 그리고 탐정은 조수가 있어야 한다고 내가 강력하게 주장했지."

나중 말은 믿기지 않았지만 꽤 큰돈을 벌 수 있는 기회가 굴러 들어온 건 기쁜 일이었다.

"우승하면 반땡이죠?"

"야, 어린애가 갑자기 돈을 많이 벌게 되면 힘들어져."

"없어서 힘든 것보다는 낫겠죠."

"7대 3. 내가 7이다."

"6대 4요."

"7대 3."

"6대 4."

몇 번 입씨름이 오가다가 중간인 6.5대 3.5로 낙찰을 봤다.

"그런데 며칠이나 가 있는데요?"

"몰라. 일주일을 잡는다고 했는데 추가로 늘어날 수도 있대."

"집에 소영이 혼자만 두기 좀 그래서요."

"안 그래도 엄마한테 소영이 얘기를 했더니 우리 집에 와 있어도 된대."

"진짜요?"

"나 같은 말썽꾸러기도 키웠는데 그깟 여자아이 하나 며칠 못 돌보겠냐고 하시더라."

쓴웃음을 짓는 걸 보면 준혁 아저씨 말은 사실 같았다. 유명해지는 데다가 돈까지 벌 수 있는 절호의 기회라고 기뻐하는 준혁 아저씨를 보면서 드디어 내게도 행운이 찾아오나 싶었다.

이틀 후, 소영이를 준혁 아저씨 집에 데려다주고 약속 장소인 인천 국제공항으로 향했다. 그곳에서 방송국 차를 타고 섬으로 간다는 게 준혁 아저씨가 들려준 이동 계획이었다.

"우리가 가는 섬이 어디라고요?"

"소정자도라고 하던데? 인천 앞바다에 있는데 배 타고 들어가야 한대."

"누구누구 나온대요?"

"누구라더라……. 암튼 나처럼 다 일반인들이래."

입국하는 외국인들과 출국하는 한국인들로 가득한 지하철을 내려서 공항 앞 버스정류장으로 향했다.

정류장에 도착하자 옆구리에 방송국 로고가 박힌 미니버스가 보였다. 캐리어를 끌고 버스 앞으로 다가가자 야구모자를 쓴 채 클립보드를 들고 있는 남자가 보였다. 훤칠한 키에 서글서글한 인상이었고, 하얀 피부의 팔다리가 유독 눈에 띄었다. 그쪽으로 다가간 준혁 아저씨가 굽실거리면서 손을 내밀었다.

"차 피디님!"

"어이구! 1등으로 오셨네요."

넉살맞은 웃음을 지으며 차현수 피디가 내게 시선을 돌렸다.

"네가 상태구나. 만나서 반갑다."

"불러 주셔서 감사합니다."

"고맙긴, 원래 탐정과 조수는 한 팀이잖아."

차현수 피디는 다정하게 내 머리를 쓰다듬었다. 그리고 더우니까 얼른 버스에 타라면서 등을 떠밀었다. 커튼이 쳐진 버스 안은 에어컨을 틀어 놔서 그런지 서늘했다. 제일 안쪽에 자리를 잡고 앉아서 한숨을 돌리는 사이 출연자들이 하나둘씩 차에 올랐다. 그런데 커튼을 쳐 놓은 데다 실내등도 꺼져 있어 버스 안이 어두컴컴했다. 왠지 말소리도 높이면 안 될 것 같았다. 아저씨한테 조심스럽게 물었다.

"그런데 왜 이렇게 해 놓은 거예요?"

"아! 서로 친해지면 편을 가를 수 있다고 처음에는 이렇게 가기로 했대."

"어차피 배에 타면서 얼굴을 다 보게 되잖아요."

"뭔가 이유가 있겠지. 두 시간 정도 걸린다니까 잠이나 좀 자."

안 그래도 어제 늦게까지 게임을 했던 터라 일단 눈을 붙이기로 했다. 우리 다음으로 사람들이 차에 오르는 소리가 들렸지만 일일이 확인하기도 귀찮아서 그냥 잠을 청했다.

출발한 것도 몰랐는데 버스가 멈추는 느낌이 들었다. 준혁 아저씨가 어깨를 흔들었다.

"무슨 애가 코까지 골면서 자."

"인생이 얼마나 피곤한데요. 다 왔어요?"

"선착장."

미니버스의 문이 열리고 사람들이 하나둘씩 내리는 중이었다. 준혁 아저씨가 캐리어를 제대로 못 빼낸 탓에 우리가 버스에서 제일 늦게 내렸는데, 선착장에 모인 사람들가운데 낯익은 얼굴을 발견하고 깜짝 놀랐다.

"아린이 누나!"

작년 탈모 캠프 사건 때 맹활약을 했던 이아린 누나였다. 그때처럼 검정색 페도라를 쓴 아린이 누나 역시 우리를 보고는 깜짝 놀랐다.

"상태 아니니? 여긴 웬일이야?"

나는, 마침 캐리어를 들고 낑낑대면서 버스에서 내리고있는 준혁 아저씨를 가리켰다.

"조수로 따라왔어요. 누나는요?"

"출연 신청을 했는데 뽑혔어. 여기서 또 만나네."

"그러게요."

둘이 얘기를 나누는 사이 캐리어를 내린 준혁 아저씨가뒤늦게 소리쳤다.

"아린 씨!"

"이런 데서 또 만나네요."

"그동안 어떻게 지냈어요?"

"아버지가 좀 편찮으셔서 돌봐 드리는 동안 이런저런 아르바이트를 했어요. 그러다가 이 프로그램에 출연 신청을 했는데 운 좋게 여기까지 왔네요."

"그랬군요. 전 차 피디가 초대했어요."

은근슬쩍 초대했다는 말에 힘을 주는 준혁 아저씨의 속마음을 눈치챘는지 아린이 누나가 피식 웃었다.

잠시 후에 또 다른 미니버스 한 대가 선착장에 도착하고 카메라와 장비를 챙긴 제작진과 참가자들이 내렸다. 선착장에는 우리 일행을 섬으로 실어 나를 배가 한 척 보였다. 제작진이 짐을 옮기는 가운데 차 피디가 참가자들한테 모이라고 소리쳤다. 나는 준혁 아저씨와 함께 차 피디 쪽으로 걸어갔다.

드디어 피디 주변에 모여든 참가자들을 찬찬히 살펴볼 기회였다. 참가자들은 대략 열 명쯤 되었는데 아린이 누나를 포함해 여성이 두 명이었다. 남자들 가운데 세 명 정도는 준혁 아저씨보다 나이가 많아 보였고, 나머지는 20, 30대 청년들이었다. 공통점이 별로 없는 다양한 유형의 참가자를 모아 놓은 것 같았다. 내 눈길이 자연스럽게 아린이 누나 옆에 있는 다른 누나에게로 향했다. 준혁 아저씨가 기분 나쁜 미소를 지으며 물었다.

"뭘 보냐?"

"아린이 누나 옆에 있는 누나가 들고 있는 가방 보이세요?"

내 얘기를 들은 준혁 아저씨가 그쪽을 바라보고는 고개를 갸웃거렸다.

"저건 증거 수집 가방이잖아."

"범죄 현장에서 과학 수사대가 들고 다니는 거 맞죠?"

"응. 그런데 저걸 어떻게 들고 왔지?"

"과학 수사대 출신이거나 법과학 대학원을 졸업한 게 아닐까요?"

내 말을 들은 준혁 아저씨가 얼굴을 찌푸렸다.

"이거 생각지도 못한 복병이 등장했네."

나와 준혁 아저씨가 얘기를 주고받는 사이 콘크리트로 만든 추락 방지턱에 올라간 차 피디가 참가자들에게 말했다.

"자! 이제 배를 타고 소정자도로 들어갈 겁니다. 숙소에 도착하시면 미션 카드와 주의사항이 적힌 종이가 있으니까 읽고 그대로 하시면 됩니다. 그리고 중요한 게 한 가지 있습니다. 모두 가지고 있는 휴대폰을 반납해 주세요."

참가자들이 웅성거리자 차 피디가 목소리를 높였다.

"휴대폰이나 전자기기가 있으면 외부에서 문제에 대한 단서를 얻을 수 있기 때문입니다. 저희가 잘 보관했다가 돌려드릴 테니까 너무 걱정 마십시오."

차 피디의 말이 끝나기 무섭게 안경을 쓴 에프디가 커다란 주머니를 들고 출연자들 사이를 돌아다녔다. 처음에는 주저주저하던 참가자들이 하나둘씩 휴대폰을 집어넣었다. 집에 문자를 보내고 준혁 아저씨도 담담한 표정으로 휴대폰을 주머니에 넣었다. 준혁 아저씨를 마지막으로 참가자들은 모두 빈손이 되었다. 차 피디가 그런 참가자들에게 말했다.

"협조 감사합니다. 좋은 프로그램을 만들려면 출연자와 제작진이 힘을 합쳐야 한다는 점을 다시 한번 말씀드립니다. 자, 이제 출발할 테니까 모두 배에 타십시오."

"앞으로 어떻게 진행할지는 알려 주고 타라고 해야죠."

파란색 선글라스를 낀 곱슬머리 남자의 말에 다른 참가자들 모두가 고개를 끄덕거렸다. 그러고 보니 촬영에 관한 별다른 설명이 없었다. 참가자들의 예상치 못한 반발이 이어지자 차 피디는 쓴웃음을 지으면서 추락 방지턱에서 내려왔다.

"우리 프로그램의 콘셉트는 글자 그대로 리얼리티입니다. 어떤 각본도 없고 진행자도 없습니다. 그냥 그곳에서 여러분이 미션을 수행하는 장면 위주로만 찍을 겁니다."

"진짜요?"

참가자들 가운데 준혁 아저씨보다 나이가 많아 보이고 뿔테 안경을 쓴 남자가 미심쩍은 듯 물었다. 남자는 이 더운 여름날 칼라가 달린 셔츠에 재킷까지 챙겨 입고 있었다. 복장만 봐서는 꽤나 격식을 차리거나 갑갑한 성격의 소유자 같았다.

모두 배에 오르자 차 피디와 에프디가 마지막에 탔고 두 사람은 자연스레 뱃머리에 자리를 잡았다. 서서히 후진한 배는 방향을 돌려 넓은 바다로 향했다. 다른 제작진과 장비들을 실은 배는 바로 뒤에 따라오는 중이었다. 뱃머리에 부딪친 바닷물은 하얀 거품이 되어 부서지고 허공으로 날아갔다. 옆자리에 앉아 있던 준혁 아저씨가 움찔하는 모습을 보고 속으로 어지간히 겁쟁이라고 생각했다. 나는 아린이 누나에게 말을 붙여 보고 싶었는데 뭔가 생각하는 듯한 표정이 너무 무서워서 차마 다가가지 못했다. 한 시간쯤 지나자 시야에 야트막한 섬 하나가 보였다.

그런데 가까이 다가가자 하나의 섬이 두 개가 되었다. 섬들이 나란히 있어서 그렇게 보인 것이었다. 오른쪽에 있는 섬은 부침개를 층층이 쌓아 올린 모양처럼 두툼한 평지가 펼쳐진 섬이었다. 왼쪽에 위치한 섬은 뾰족한 산처럼 생겼다. 배의 진행 방향이 오른쪽으로 바뀌면서 행선지가 눈에 들어왔다. 섬은 온통 바위투성이였는데 시멘트로 지어진 작은 규모의 정박 시설이 섬 한쪽에 있었다. 배가 부두에 닿자 차 피디가 먼저 훌쩍 뛰어내렸다. 그 모습을 보고 참가자들이 몸을 일으켜 짐을 챙기기 시작했다. 그 순간 뒤쪽을 돌아봤는데 뒤따라오던 배가 왼쪽 섬으로 가는 게 보였다.

"형! 저 배는 옆 섬으로 가는데요."

준혁 아저씨는 내가 가리키는 곳은 쳐다보지도 않고 짜증 난 목소리로 대꾸했다.

"뭔가 이유가 있겠지. 어서 내리자."

참가자들이 배에서 내리자 차 피디가 앞장서서 일행을 숲속 오솔길로 안내했다. 바위틈마다 나무로 만든 계단이 이어지고, 그다음부터는 바닥에 황토색 야자매트가 깔려서 걷기에도 수월했다. 우리는 그렇게 숲으로 둘러싸인 길을 따라 올라갔다. 그리고 마침내 탁 트인 평지가 나타났다. 평지 위 시멘트로 만들어진 구불구불한 길 끝에는 건물이 있었다.

"뭐야? 영화 세트장 같잖아."

바로 내 앞에서 걷던 키가 크고 비쩍 마른 형이 침까지 튀기며 떠들어 댔다. 그도 그럴 것이 유럽에서나 있을 법한, 뾰족한 나무 지붕 집이 덩그러니 있었기 때문이다. 노란색 벽과 검정색 지붕이 대비되는 이층집 앞에는 나무 덱이 깔린 테라스와 그네, 벤치 같은 것들이 있었다.

"완전 그림이구먼, 그림."

50대 초반으로 보이는 작은 체구의 아저씨가 감탄인지 비아냥거림인지 모를 투로 내뱉었다. 체구도 작고 얼굴도 작아서 어릴 때 봤던 만화영화 속 외계인을 닮아 내가 속으로 외계인이라는 별명을 붙인 아저씨였다. 가까이 갈수록 생각보다 집이 크다는 느낌이 들었다. 멀리서 봤을 때는 가로등 같은 불빛이 몇 개 있었는데 가까이 가 보니 카메라나 조명 같은 방송 장비에서 나오는 빛이었다. 테라스에 도착한 차 피디가 돌아서더니 뒤따라오는 참가자들을 쳐다보며 말했다.

"여긴 새로 지어진 펜션입니다. 운 좋게 오픈 전에 미리 사용할 수 있어서 세트장으로 활용하게 된 것이죠. 지금부터 에프디가 이름표를 나눠 줄 겁니다. 2층 방문에 각자 이름이 붙은 곳에 머무시면 되고, 식사는 주방에 햇반과 컵라면을 비롯해서 다양한 즉석식품들이 있으니까 그걸 드시면 됩니다. 촬영 기간은 오늘을 포함해서 사흘을 목표로 하고 있지만, 상황에 따라 최대 일주일까지 길어질 수도 있습니다."

차 피디가 설명하는 동안 에프디가 주머니에서 목에 거는 이름표를 꺼내서 사람들에게 나눠 줬다. 나는 이름표를 보면서 얼굴과 이름을 기억해 두려고 애썼다. 파란색 선글라스를 낀 곱슬머리 아저씨의 이름은 오명진이었고, 내가 외계인이라고 별명 붙인 아저씨의 이름은 웃기게도 이외인이었다. 처음 만났을 때부터 말없이 캐리어를 끌고 왔던 또 다른 배 나온 아저씨는 조성섭이라는 이름표를 달고 있었다. 아린이 누나 옆에는 하얀색 민소매에 핫팬츠를 입은 아가씨가 서 있었는데 이름이 김도나였다. 꼭 연예인 같은 이름이었다. 준혁 아저씨와 나이가 비슷하거나 어려 보이는 남자들은 따로 모여 있었는데 모두 파란색 반바지에 안경을 쓰고 있었다. 하얀색 티셔츠를 입고 목에 전자담배를 걸고 있는 첫 번째 반바지는 김상열, 짝다리를 짚고 서 있는 남자의 이름은 한준오였는데 머리가

189

무척 짧았다. 푸른색 캐리어를 끌고 온 김영환은 셋 가운데 가장 키가 컸고, 얼굴도 갸름한 편이었다. 나를 포함한 열 명의 참가자들은 차 피디의 이어지는 설명을 묵묵히 듣고 있었다.

"방에서 쉬고 계시다가 저희가 알려 드릴 때 1층 거실로 내려오시면 됩니다. 오른쪽 계단이 남자들 방으로 이어지고, 왼쪽 계단 위쪽에 여자들 방이 있습니다. 방마다 스피커가 설치되어 있으니까 방송으로 알려 드릴게요."

설명이 끝나자마자 다들 2층으로 올라갔다. 쭉 이어진 복도 한쪽으로 나란히 나 있는 방문마다 이름표가 붙어 있었다. 두 번째 방문에 민준혁과 안상태라는 이름표가 붙어 있는 걸 보고 준혁 아저씨가 먼저 문을 열고 들어갔다.

"이야, 죽이네."

준혁 아저씨가 탄성을 질렀다. TV에서나 가끔 보았던 북유럽풍의 잘 꾸며진 방이었다. 왼쪽으로 문이 하나 있고, 거실에는 내가 침대처럼 누울 만한 소파가 있다는 사실이 반가웠다. 침대에 몸을 던진 준혁 아저씨는 몸을 누인 자세 그대로 눈을 감았다. 나는 가방을 소파 옆에 내려놓고 부지런히 방 안팎을 살폈다. 방 안에도 창문이 있어서 열어 보니 펜션의 전체 형태가 눈에 들어왔다. 펜션은 H형 구조의 주택이었는데 뒤쪽 공간을 경사진 유리 지붕으로 덮어 또 하나의 공간으로 활용하는 것 같았다. 지붕 너머로 아스라이 아까 우리가 도착한 선착장 풍광이 보였다.

"저건 뭐지?"

펜션 뒤쪽에 또 나른 건물이 보였다. 커다란 공장 건물이나 창고처럼 보였는데 문이 굳게 닫혀 있었고, 창문도 전혀 없었다. 펜션 관리인 숙소나 물품 보관용 창고 치고는 꽤 커 보였다. 우리 방 맞은편에 자리 잡은 아린이 누나도 창문을 열고 그쪽을 바라보고 있었다. 아린이 누나에게 창고 쪽을 가리키며 뭐냐고 물었지만 누나는 자기도 모른다는 손짓을 했다.

"야! 더운데 창문 닫고 에어컨 좀 틀어 봐."

침대에 누운 준혁 아저씨의 말에 나는 얼른 창문을 닫고 에어컨을 켰다. 그러자 천장에 설치된 에어컨의 날개가 펼쳐지면서 시원한 바람이 불었다. "아이고 좋다."라는 말을 연발하는 준혁 아저씨를 바라보면서 머릿속으로 자꾸만 의문이 들었다.

"분위기가 이상한데?"

혼잣말이 채 끝나기도 전에 지지직거리는 소리와 함께

거실 천장 모서리에 부착된 스피커에서 차 피디의 목소리가 울려 퍼졌다.

"다들 1층 거실로 모여 주십시오."

같은 방송이 몇 번 더 나온 후에야 침대에서 몸을 일으킨 게으름뱅이 준혁 아저씨를 놔두고 나는 얼른 1층으로 내려갔다. 1층에는 아저씨 세 명이 띄엄띄엄 각자 앉아 있었는데 몹시 어색해 보였다. 세 명의 청년들은 거실 구석의 피아노 주변에 모여 있었다. 아린이 누나와 김도나는 맞은편 계단으로 내려오는 중이었다. 마지막으로 길게 하품하면서 준혁 아저씨가 내려올 때까지 차 피디의 모습은 보이지 않았다.

"대체 어디 간 거야?"

팔짱을 낀 채 투덜거리는 이외인에게 주변을 둘러보고 있던 아린이 누나가 대꾸했다.

"그러고 보니 스태프들이 하나도 안 보이네요."

상황이 심상치 않다고 느끼는데 갑자기 거실 벽에 설치된 커다란 TV의 전원이 들어왔다. 사람들이 깜짝 놀라 쳐다보는데 화면에 차 피디가 나왔다.

"다들 모이셨습니까? 여러분, 이제부터 프로그램 '진실과 거짓의 섬'을 시작합니다."

"진실과 거짓의 섬? 내가 들은 프로그램 제목과 다른데?"

목에 걸린 전자담배를 한 모금 피운 김상열의 중얼거림이 채 끝나기도 전에 화면 속 차 피디의 이야기가 이어졌다.

"제가 여러분에게 말씀드린 콘셉트는 거짓입니다. 오늘 우리는 지금껏 밝혀지지 않은 미제 사건들을 해결하기 위해 이곳에 모인 겁니다."

"뭐가 어떻게 돌아가는 겨?"

이외인이 입가를 실룩거리며 투덜거리자 옆에 있던 오명진과 조성섭이 눈살을 찌푸리면서 노려봤다. 아무래도 세 사람은 서로 안면이 있는 게 분명했다. 화면이 바뀌고 아까 펜션 뒤쪽에서 봤던 커다란 창고가 보였다. 이어서 차 피디의 목소리가 들렸다.

"여러분이 풀어야 할 미스터리가 있는 곳입니다. 이곳으로 오시기 바랍니다."

TV 화면이 꺼지자 이외인이 제일 먼저 반응을 보였다.

"씨발, 미친놈 아냐? 난 여기서 나갈래."

그러자 쓰고 있던 파란색 선글라스를 벗어서 머리에 얹은 오명진이 짜증을 냈다.

"가만 좀 있어! 어떻게 나갈 건데?"

"어떻게 나가긴, 배 타고 나가면 되지."

"우리가 타고 온 배는 돌아갔잖아."

"그럼 돌아오라고 부르면……."

목소리를 높이던 이외인은 낙담한 표정을 지었다. 옆에 서 있던 준혁 아저씨가 중얼거렸다.

"휴대폰을 다 맡겼잖아. 제작진은 코빼기도 안 보이고 말이야."

"그럼 우리가 방송국 놈들한테 속은 거예요?"

이럴 때는 정말 아저씨의 눈치가 빠르구나 싶었다. 내 질문에 준혁 아저씨는 고개를 저었다.

"지금은 깜짝 쇼로 우리를 놀라게 한 정도밖에 안 되니까 일단 지켜봐야지."

갑작스러운 상황에 다들 어찌할 바를 몰랐다. 가장 먼저 나선 사람은 아린이 누나였다. 잠자코 있던 누나가 현관 쪽으로 움직이자 다들 웅성거리면서 뒤따라갔다. 펜션뿐만 아니라 창고 가는 길에도 곳곳에 카메라가 설치되어 있었다. 김도나가 투덜거렸다.

"사방이 카메라네."

창고에 도달하자 앞장 선 아린이 누나가 문을 밀어서

열었다. 창문이 아예 없어서 내부가 컴컴했다. 그래도 어렴풋하지만 뭔가 쌓여 있는 게 보였다.

"저게 뭐지?"

내 중얼거림이 끝내기도 전에 창고 안의 조명이 켜졌다. 문에 센서가 부착되어 있는 것 같았다. 실내에 빙 둘러진 조명에 불이 들어오자 창고 안에 뭐가 있는지 명확하게 보였다. 한준오가 짧은 머리를 한 손으로 쓸어 넘기면서 말했다.

"저 컨테이너들은 대체 뭐야? 주변은 또 왜 진흙탕이야?"

창고 가운데에 낡은 컨테이너 두 개가 살짝 어긋난 채 붙어 있었다. 창문과 문이 있는 것으로 봐서는 사람이 머무는 용도로 쓰이는 것 같았다. 주변은 온통 진흙 수렁이었는데 지붕에서 조금씩 물이 떨어지는 중이었다. 창고의 벽과 천장에는 여러 개의 모니터가 붙어 있었다. 컨테이너 쪽을 살피던 김영환이 갑자기 놀란 목소리로 소리를 질렀다.

"저, 저기 컨테이너 안에 사람이 죽어 있어요!"

참가자들은 삽시간에 얼어붙었고, 나 역시 마찬가지였다. 하지만 두려움은 이내 사라졌다. 모니터 화면에 차 피디가 웃으면서 나타났기 때문이다.

"방송사 특수 분장팀에서 만든 마네킹입니다. 진짜 같죠? 여기 창고 안의 모습은 4년 전 서울 근교에서 벌어진 어떤 사건의 범행 현장을 그대로 재현해 낸 것입니다. 여러분이 이곳에서 벌어진 살인 사건의 진범을 찾아내는 게 이 프로그램의 콘셉트입니다."

차 피디의 얘기를 들은 준혁 아저씨가 중얼거렸다.

"기억나."

"뭐가요?"

"이 사건 말이야. 의정부 컨테이너 살인 사건이라고 셜로키언들 사이에서도 엄청 화제였어."

"어떤 사건인데요?"

"폐지 수집하는 곳에 있는 컨테이너 안에 네 사람이 모인 게 시작이었어. 친구 사이였는데 그중 한 사람이 생일이라 시내에서 1차, 2차를 하고 이곳으로 3차를 하러 온 거지. 그런데 생일을 맞은 윤석구라는 사람이 칼에 찔려서 죽은 시신으로 발견되었어. 같이 있던 친구들이 경찰에 신고했는데 문제는 범인이 잡히지 않았다는 거지."

"컨테이너에 같이 있던 세 명 중 한 명일 게 뻔하잖아요."

196

내 반문에 준혁 아저씨가 인상을 쓰면서 고개를 저었다.

"경찰이 초동 대처를 잘못하는 바람에 현장이 훼손됐어."

"경찰이 왜요?"

"현장을 보존해야 하는데 그냥 진입하는 바람에 현장의 증거들이 오염돼 버린 거지. 그러면서 수사도 꼬였지. 일단 세 사람 다 범행을 부인한 상황이었어. 한 명은 붙어 있는 뒤쪽 컨테이너로 가서 잠들었다고 했고, 다른 한 명은 살인이 벌어진 컨테이너 끝에 가서 누워 있었다고 했지."

"남은 한 명은요?"

"윤석구와 마주 앉아서 술을 마시고 있는데 갑자기 윤석구가 돼지고기를 썰려고 가져다 놓은 칼로 자기 목을 찔러서 죽었다고 했어. 얼마 전에 이혼한 데다가 병까지 들어서 힘든 상황이었다고. 저항한 흔적이 없었고, 자살자에게 주로 나타나는 주저흔이 발견되었어."

"주저흔, 그거 뭔지 알아요!"

내가 자신 있게 대답하자 준혁 아저씨가 제법이라는 표정을 지었다.

"진짜? 그게 뭔지 얘기해 봐."

"사람은 영화에서처럼 한 번에, 그것도 칼을 사용해서

자살하지 못해요. 그래서 찌를까 말까 주저하면서 몸에 상처를 내는데 그게 바로 주저흔이에요."

"맞아. 그 시신에서도 주저흔이 발견되었어."

"그럼 자살이란 말인가요?"

"그게 좀 애매해. 윤석구는 다음 달에 이사를 가려고 집을 계약한 상황이었어. 거기다 신변을 비관했다고 해도 목숨을 끊을 정도는 아니었다는 게 주변의 증언이었고."

"외부인이 컨테이너에 침입해서 죽인 건 아닐까요?"

준혁 아저씨는 내 질문에 엉뚱한 물음을 건넸다.

"저기 컨테이너 주변을 왜 진흙탕으로 만든 줄 알아?"

"아뇨."

"사건이 벌어진 당일 새벽에 비가 내렸거든. 그래서 컨테이너 주변이 저렇게 진흙 수렁이었어. 그런데 경찰은 주변에서 다른 발자국은 전혀 발견하지 못했어. 네 사람이 컨테이너에 들어간 이후에 비가 내렸기 때문에 외부인이 컨테이너에 침입했다면 발자국도 남아 있어야 해."

"날아오지는 않았겠죠?"

나름 진지하게 물어본 건데 준혁 아저씨는 어처구니없다는 눈빛을 던졌다.

아무튼 비슷한 타이밍에 차 피디의 설명이 끝났는지 다

른 참가자들이 웅성거리기 시작했다. 그중 김영환의 목소리가 가장 컸다.

"에이 씨! 경찰도 못 찾은 범인을 우리더러 어떻게 찾으라는 거야?"

나도 같은 생각이었는데 차 피디가 그 얘기를 듣기라도 한 것처럼 화면 속에서 한바탕 웃음을 터트렸다.

"물론 현장만 꾸며 놓고 범인을 찾으라고 하는 건 아닙니다. 윤석구 씨가 살해됐을 당시 현장에 있었던 세 사람이 여러분과 지금 함께 있습니다. 그들의 증언을 듣고 똑같이 복원된 현장을 살펴본다면 진범을 충분히 찾아낼 수 있지 않을까요? 기간은 이틀 후 정오까지니까 48시간 정도 남았습니다. 범인을 찾아내거나 혹은 진실을 밝혀내는 사람에게는 상금 5천만 원이 수여됩니다. 촬영은 섬 곳곳에 설치된 카메라와 드론으로 진행됩니다. 자연스럽게 의견을 나누고 추궁도 하면서 현장을 살펴보고 진실을 찾아보십시오. 저희 제작진은 바로 옆 섬에서 지켜보도록 하겠습니다. 지금부터 '진실과 거짓의 섬' 프로그램을 시작합니다!"

차 피디의 외침과 동시에 남은 시간을 알리는 카운트다운 화면으로 바뀌었다. 갑작스러운 상황에 다들 어쩔 줄 몰라 하는데 갑자기 오명진이 이외인의 멱살을 잡았다.

"이 새끼야! 그러니까 내가 오지 말자고 했잖아."

둘 사이에 일어난 갑작스러운 다툼에 조성섭이 끼어들었다.

"여기서 이러면 어떡해!"

그걸 본 나와 준혁 아저씨의 눈빛이 부딪쳤다. 둘 다 같은 생각이 머릿속을 스쳤기 때문이다.

"저 세 사람이 윤석구와 같이 있던 친구들이었나 봐요."

"그러게. 피살자인 윤석구의 나이가 대략 40대 후반이었으니까 대충 나이대는 맞아 떨어져."

세 사람이 다투는 사이 나머지 사람들은 자연스럽게 한곳으로 모였다. 그중 김상열이 가장 먼저 입을 열었다.

"일이 어떻게 돌아가는 건지 아는 사람 있어요?"

다른 두 명은 고개를 저었고, 말 많은 준혁 아저씨도 웬일인지 입을 다물고 있었다. 아린이 누나가 슬쩍 끼어들었다.

"방송국 놈들이 작정하고 우릴 속인 것 같아요."

김영환이 얼굴을 확 찌푸렸다.

"염병할, 어쩐지 분위기가 이상하더라니."

"휴대폰도 다 가져가고 배도 돌아갔으니까 우린 여기 갇힌 셈이에요."

아린이 누나의 말에 김도나가 대답했다.

"이거 클로즈드 서클이네."

"일본식인 것 같아."

두 사람의 대화를 듣고 있던 김영환이 물었다.

"그것도 구분합니까?"

김영환의 물음에 김도나가 대답했다.

"그럼요. 서구의 클로즈드 서클은 물리적으로 고립된 게 아니라 내부인에 의한 범죄를 지칭해요. 여기처럼 완벽하게 고립된 클로즈드 서클은 일본에서 성행하죠. 주로 『명탐정 김전일』 시리즈에 많이 나오죠."

모두들 김도나의 박식함에 놀란 눈치였다. 그러자 준혁 아저씨가 조심스럽게 물었다.

"혹시 셜로키언이세요?"

"아뇨, 대학원에서 법과학을 전공했어요. 셜록 홈스 과학 수사 클럽 멤버이기도 하죠."

"그, 그게 뭔데요?"

당황한 준혁 아저씨의 물음에 그녀가 대답했다.

"법과학 전공자들과 그쪽에 관심 있는 사람들이 만든 모임이에요. 오랫동안 미제로 남아 있는 사건들을 해결한 적도 있어요."

두 사람의 얘기를 듣고 있던 나는 셜록 홈스 과학 수사 클럽이 미사모보다 더 있어 보인다는 생각이 들었다. 그런 내 속마음을 눈치챘는지 준혁 아저씨가 내 머리를 마구 헝클어뜨리면서 대답했다.

"뭐, 많으면 많을수록 좋으니까요."

두 사람의 얘기를 들은 나머지 사람들도 차례대로 자신의 신분을 밝혔다. 목에 걸린 전자담배를 만지작거리던 김상열이 먼저 말했다.

"저는 셜록 홈스 추리 카페를 운영하고 있습니다. 국내에서 가장 오래되고 규모가 큰 인터넷 커뮤니티죠."

"네, 얘기 들었습니다. 여기서 만나네요."

준혁 아저씨가 호들갑을 떨면서 아는 척하자 옆에 있던 한준오가 끼어들었다.

"저도 그 카페의 회원입니다. 작가 지망생이기도 하고요."

남자들 가운데 마지막으로 남은 김영환도 자기소개를 했다.

"이제 보니 선수들이었군요. 저도 아마추어 탐정입니다."

인사를 끝낸 남자들은 자연스럽게 두 여자에게 눈길을 돌렸다. 아린이 누나는 페도라를 벗은 다음 머리를 한 번

쓸어 올리고는 입을 열었다.

"저는 이아린이라고 해요. 작은 흥신소를 운영하면서 이런저런 일을 의뢰받아 처리하고 있습니다."

그리고 김도나가 자기소개를 했는데 대략 20대 중후반으로 아린이 누나보다 몇 살 어려 보였다.

"제 이름은 김도나예요. 아까 얘기한 대로 재작년에 법과학 대학원을 졸업하고 현재 일반 회사를 다니고 있어요. 아린이 언니랑 알고 지내는 사이라 프로그램에 같이 출연 신청을 했어요. 당첨되어서 여기까지 왔고요."

"왜 법과학 대학원까지 졸업했는데 경찰이 안 되고 직장인이 된 건가요?"

준혁 아저씨가 나름 날카로운 질문을 던졌다. 머뭇거리던 김도나가 대답했다.

"실습을 나갔는데 진짜 피를 보고 견딜 수가 없더라고요. 그래서 경찰이 되는 걸 포기했어요."

김도나가 자신의 이야기를 하는 동안에도 세 남자는 싸움을 멈추지 않았다. 그 광경을 본 준혁 아저씨가 맨 처음 얘기를 나누었던 한준오를 바라봤다.

"일단 말리는 게 좋겠죠?"

"그다음은 어떻게 하시려고요?"

"셋 중에 범인이 있는지 찾아봐야죠."

"경찰도 못 찾은 걸 우리가 찾아낼 수 있을까요?"

옆에서 지켜보던 김영환의 물음에 준혁 아저씨가 나를 포함한 일행의 면면을 쓱 훑어보고는 대답했다.

"힘을 합치면 가능할 겁니다."

"그럼 상금은요?"

지켜보던 내가 갑자기 나서자 준혁 아저씨가 고개를 절레절레 흔들었다.

"그건 나중에 끝나고 나서 상의하자. 일단 사흘, 아니 이틀 안에 범인을 찾는 게 우선이잖아."

잘하면 둘만 나눌 수 있는 상금을 여러 명과 함께 나눠야 한다는 사실이 썩 달갑지 않았지만 어쩔 수 없었다. 이런 내 속마음을 알아차렸는지 준혁 아저씨가 나지막하게 말했다.

"저쪽은 셋이나 돼서 우리가 뭉치지 않으면 오히려 위험해질 수도 있어. 그러니까 힘을 합쳐야지. 우리 모두."

비장한 준혁 아저씨의 말에 모두들 동의했다. 그렇게 해서 준혁 아저씨를 필두로 내가 탐정 팀이라고 이름 붙인 우리 일행은 용의자 팀이라고 이름 붙인 남자들에게 다가갔다. 탐정 팀이 다가오자 말다툼을 벌이던 용의자 팀은 입씨름을 멈추고 이쪽을 바라봤다.

"뭐, 뭐야?"

파란색 선글라스를 접어서 손에 든 오명진의 물음에 준혁 아저씨가 특유의 바보 같은 웃음을 지었다.

"다른 건 아니고 서로 협조를 하자는 거죠."

"혀, 협조는 무슨 협조! 방송국 놈들한테 속아서 여기까지 온 것도 억울해 죽겠는데!"

오명진이 탁한 목소리로 반발하자 준혁 아저씨가 살살 웃으면서 달랬다.

"그러셨겠죠. 저도 퀴즈 프로그램이라는 말에 속아서 제 조카애까지 데려왔습니다. 그런데 배도 없고 휴대폰도 없는 상태라 방송국 놈들이 시키는 대로 할 수밖에 없는 상황입니다."

준혁 아저씨는 최대한 방송국에 떠넘기는 입장을 취했다. 평소 남에게 잘 떠넘기는 성격이 제 몫을 톡톡히 하고 있었다. 준혁 아저씨의 설득에 용의자 팀이 넘어가다니 굉장히 신기한 상황이었다. 준혁 아저씨의 말은 간단했다. 우리가 조사해서 만약 세 사람이 범인이 아니라고 밝혀지면 공중파에서 무죄가 입증되는 셈이니 더 이상은 괴롭힘을 당하지 않을 거라는 게 골자였다. 세 사람 가운데 특히 이외인은 그 사실에 매우 흥미를 느끼는 듯했다. 결국엔 양쪽 간에 재미있는 타협이 이루어졌다.

내일 하루 동안 탐정 팀이 용의자 팀을 신문하고 현장 조사를 한 뒤 용의자를 찾아내면 그 사실을 모레 발표한 다는 것이었다. 만약 범인을 못 찾더라도 사실 그대로 발표하겠다고 하자 용의자 팀은 자기들끼리 회의를 하더니 적극 협조하겠다고 나왔다. 그러자 준혁 아저씨는 마치 선심을 쓰듯 오늘은 첫날이니까 그냥 쉬자고 얘기했다. 탐정 팀과 용의자 팀은 펜션으로 돌아와서 주방으로 향했다. 대형 냉장고와 찬장 안에는 그럭저럭 먹을 만한 것들이 있었다. 각자 먹고 싶은 걸 가져와서 커다란 식탁에 앉았는데 내 예상대로 두 팀이 명확하게 나눠 앉았다. 식사가 끝나자마자 용의자 팀은 마치 그 자리를 피하듯 일어났고, 자연스럽게 남은 탐정 팀끼리 얘기를 나누게 되었다. 주방 여기저기에 카메라가 설치되어 있었지만 익숙해진 탓에 그냥 무시할 수 있었다.

"진짜 내일 조사해서 범인을 잡을 수 있을까요?"

걱정스러운 말투로 얘기한 김상열에게 한준오가 웃으면서 말했다.

"우리가 힘을 합치면 되겠죠. 제가 알기로는 초동 수사가 제대로 안 이루어졌다고 하더라고요."

"왜요?"

김영환이 불쑥 끼어들자 한준오가 바깥쪽을 쓱 살펴보더니 말했다.

"처음부터 살인 사건이라고 신고한 게 아니라 자살 소동을 벌인다고 신고했대요. 그래서 경찰이 구급대원과 함께 진입하는 바람에 현장이 훼손되고 만 거죠. 거기다 세 사람 모두 범인이 아니라고 얘기했지만 알리바이를 미처 확인하지 못한 것도 컸고요."

"흉기에 지문 같은 건 안 남았나요?"

내가 라면 국물 한 숟가락을 꿀꺽 삼키고 물었다. 한준오가 막 대답하려는 찰나에 아린이 누나가 선수를 치고 나왔다.

"흉기로 쓰인 칼을 경찰이 먼저 만지는 바람에 지문 채취에 실패했어. 그나마 현장에 진입한 경찰이 카메라 폰으로 동영상을 찍어 둬서 외부 침입이 없었다는 사실은 겨우 확인되었지."

"처음에 자살 소동이라고 신고해서 현장 보존이 안 된 셈이네요."

내 질문에 아린이 누나가 제법이리는 표정을 지었다.

그러자 준혁 아저씨가 덧붙였다.

"나중에 의심 가는 정황이 발견되기는 했는데 CCTV도 없고 목격자도 없는 곳이라 전적으로 세 사람의 진술에 의존할 수밖에 없었지. 마지막에 같이 술을 마시던 A 씨가 가장 유력한 용의자였는데 결정적인 문제가 있었어."

"어떤 문제요?"

"A 씨에게 혈흔이 발견되지 않았던 거야. 거기다 오른손잡이였는데 윤석구 씨의 상처는 오른쪽에 있었어. 그러니까 마주 보고 오른손으로 목을 찌르면 피살자의 왼쪽에 칼이 들어가야 하는데 반대 방향이었다는 얘기야."

준혁 아저씨가 식탁에 있던 칼을 들어 자신의 목에 대고 찌르는 시늉을 하면서 설명하자 다들 조금씩 뒤로 물러났다.

"와! 그런 걸 어떻게 알아요?"

김상열이 감탄사를 날리자 준혁 아저씨가 씩 웃었다.

"제가 속해 있는 '미스터리를 사랑하는 사람들의 모임' 에서 계속 다루었던 사건이라서 잘 알죠."

"그럼 누가 범인 같아요?"

김상열의 물음에 준혁 아저씨의 표정이 대번에 어두워졌다.

"그게…… 처음 방송에서는 마지막까지 같이 술을 마셨던 A 씨를 지목했는데 다른 방송국에서 방영된 프로그램에서는 B 씨, 그러니까 윤석구와 술을 마시다가 뒤쪽 컨테이너에 가서 잠을 잔 사람을 지목했어."

"그럼 A 씨가 마지막까지 같이 있었던 게 아니에요?"

옆에 있던 내 질문에 준혁 아저씨가 고개를 저었다.

"경찰에서는 그걸 A 씨의 착각이라고 본 것 같아. 사실 A 씨의 증언이 계속 오락가락했거든."

"어떻게요?"

"처음에는 마지막까지 술을 마시지 않았다고 했다가 다른 두 사람이 증언하니까 어쩔 수 없이 그랬다고 했고, 자기랑 술을 마실 때는 멀쩡했다고 했지만 사실 그 전에 말다툼 때문에 칼부림이 난 적 있다는 것도 숨겼어. 그리고 결정적으로 자기는 중간에 밖으로 나가서 소변을 봤다고 했는데, 처음 경찰이 출동해서 확인했을 때는 주변에 발자국이 없었던 것도 있지."

"그럼 A 씨가 범인인가요?"

"아니, 결정적으로 혈흔이 없었어."

"경찰이 오기 전에 물로 닦아 낼 수 있잖아요."

"그랬으면 닦은 흔적이라도 남았어야 했는데 아예 없었

다니까. 나중에 루미놀 반응으로 검사해 봤을 때도 피 묻은 흔적은 없었어."

"진짜 오리무중이네요."

"그래서 윤석구 씨가 자살했다고 보는 사람도 많아. 결국 셋 다 범인이 아니면 자살로 보는 게 맞겠지."

"복잡하네요."

"사람은 원래 그래. 그러니까 살인이 벌어지고 범죄가 발생하는 거지."

준혁 아저씨의 말에 다들 동의한다는 듯 고개를 끄덕거렸다. 준혁 아저씨가 이야기를 이어 갔다.

"내일 아침 먹고 바로 신문을 시작해요. 일단 한 명씩 데려다가 당시 상황에 대한 증언을 들어 보고 현장 검증을 하면 대략 윤곽이 나오지 않을까 싶은데요."

"저도 같은 생각입니다. 같이 모여 있으면 입을 맞추거나 수사를 방해할 수 있어요."

김영환이 거들자 다들 준혁 아저씨의 계획에 찬성했다. 탐정 팀이 나이도 젊고 인원 수도 많아서 여차하면 힘으로 밀어붙이거나 윽박지를 수 있다고 생각하는 듯했지만 아무도 입 밖으로 말하지 않았다. 옆에서 조용히 듣고 있던 아린이 누나가 준혁 아저씨에게 말했다.

"저랑 도나는 현장에서 미세 증거물을 좀 모아 볼게요."

"실제 현장도 아니고 복원된 현장인데 소용 있겠습니까?"

"진짜 현장과 똑같이 복원했다는 말이 사실이라면 눈에 보이지 않는 미세한 증거물까지 심어 놨을지 몰라요."

준혁 아저씨는 알겠다고 말했다. 그렇게 얘기가 끝나자 하나둘씩 일어나 방으로 향했다. 나도 준혁 아저씨를 따라서 방으로 돌아왔다. 방 안에는 컴퓨터나 TV 같은 것도 없고, 책 몇 권이 전부였다. 짜증이 나서 투덜거렸다.

"무슨 원시 시대도 아니고."

씻고 나오다가 그 얘기를 들은 준혁 아저씨가 꼰대다운 말을 던졌다.

"야! 내가 네 나이 때는 휴대폰이랑 인터넷 없이도 잘만 놀았어. 요즘 애들은 너무 귀하게 자란다니까."

더 있다가는 잔소리가 밤새 이어질 것 같아서 냉큼 불을 껐다. 그렇게 방송국 놈들에게 속아서 온 섬에서의 첫날밤이 지나갔다.

둘째 날 아침이 밝아 오자 사람들은 약속이나 한 듯 주방으로 모여들었다. 창밖은 물론 실내 곳곳에 카메라들이

211

보여서 감시당하는 느낌을 지울 수 없었다. 밖에서는 드론들이 붕붕 소리를 내면서 창가를 스치듯 지나갔다. 거기다 차 피디를 비롯한 제작진은 코빼기도 보이지 않아서 참가자 모두 당황스럽고 불안해 보였다. 이때 다들 기다리고 있던 용의자 팀이 내려왔다. 사람들은 각자 먹고 싶은 것을 챙겨서 식탁에 앉아 주린 배를 채웠다. 어제 탐을 냈던 스파게티 라면을 먹은 뒤에 사이다로 입가심을 하는데 준혁 아저씨가 용의자 팀을 향해 말했다.

"괜찮으시다면 저희가 한 분씩 따로 만나서 얘기를 나누고 싶습니다만. 그리고 재현된 범죄 현장을 함께 둘러보면 좋겠습니다."

그러자 가슴에 파란색 선글라스를 꽂고 있던 오명진이 퉁명스럽게 말했다.

"짭새처럼 신문하겠다는 거야?"

"저희가 조사한 내용이 TV로 나가서 세 분의 무혐의가 밝혀지면 오히려 더 좋지 않으세요? 이대로 그냥 두면 이번처럼 언론에서 자꾸 미제 사건이니 뭐니 하면서 귀찮게 할 게 뻔하다고요."

"아무튼 우린 아무것도 몰라. 그냥 술 마시다가 눈을 떠 보니까 석구가 죽어 있었다니까."

"그냥 아는 대로 얘기해 주시면 저희가 무죄를 밝혀 드릴게요. 지금 이렇게 버티시는 것도 방송에 나갈 텐데 자칫하다가는 뭔가 숨기고 있는 걸로 비칠 수도 있어요. 어차피 돈 받고 오신 거잖아요."

준혁 아저씨의 말에 오명진이 움찔했다.

"돈은 무슨 돈."

"안 그러면 세 분이 이곳에 함께 오실 이유가 없잖아요. 그리고 어제, 여기 오지 말자고 했었다는 얘기를 하셨잖아요. 그 문제로 세 분이 얘기를 나눈 게 아닌가요?"

돈과 관련된 문제에서는 제법 예리하다고 속으로 감탄하면서 준혁 아저씨를 바라봤다. 오명진은 고개를 절레절레 흔들면서 대답했다.

"씨, 탐정이라더니 별걸 다 아네. 맞아. 3천씩 준다고 했는데 세 명이 모두 다 가야 한대서 몇 번 만나서 얘기를 나눴어."

오명진의 고백에 다른 두 남자의 얼굴이 벌게졌다. 그러고는 막내 대학 등록금이니 어머니 병원비 같은 핑계들이 이어졌다. 얘기를 다 듣고 난 후 준혁 아저씨가 딱 잘라 말했다.

"그럼 우리 부탁을 들어주셔야겠네요. 만약 버티시면

213

이 프로그램은 엉망이 되는 거고 후폭풍이 어마어마할 겁니다."

"알았어, 알았다고. 누구 먼저 할 건데?"

"A 씨요."

준혁 아저씨의 대답에 오명진과 조성섭의 시선이 이외인에게 향했다. 친구들의 시선을 받은 이외인의 얼굴이 마치 지구인의 공격에 고통스러워하는 외계인처럼 일그러졌다.

용의자 팀의 두 남자가 밖으로 나가고 이외인과 탐정 팀이 거실로 자리를 옮겼다. 커다란 가죽 소파에 각각 나눠 앉은 탐정 팀은 바짝 긴장해 있는 이외인을 바라봤다. 준혁 아저씨가 먼저 입을 열었다.

"윤석구 씨랑 다들 친했나요?"

"불알친구지. 같은 동네에서 자라 학교도 다 함께 다녔으니까."

"사고가 났던 날 얘기를 좀 해 주세요."

"그날이 석구 생일이었어. 걔가 일도 안 풀리고 몸도 안 좋다고 해서 기가 푹 꺾여 있었지. 그래서 친구들이 힘 좀 내게 해 주자고 곱창집에 모였지. 그게 화근이었어."

"어떤 측면에서요?"

"거 뭐냐…… 너무 많이 마신 거지. 처음부터 술이 잘 들어가니까 쭉쭉 마시다가 인사불성이 됐고, 이런저런 얘기가 나왔겠지."

"서로 감정 상하는 말들이 나왔다는 겁니까?"

준혁 아저씨의 물음에 이외인이 고개를 끄덕거렸다.

"석구가 우리한테 서운한 게 좀 있었나 봐. 일단 술기운이 오르니까 이런저런 얘기들을 꺼내더라고. 걔가 옛날에 이혼한 전 부인과 다시 합치려고 했는데 우리가 섣부르게 소문을 내는 바람에 파투 난 얘기도 나왔고, 사업할 때 도와주지 않았다는 말도 했지. 그래서 우린 계속 달래 줬지. 그러다가 2차가 끝나고 3차를 가려는데 다들 돈이 떨어졌지 뭐야. 그래서 남은 돈으로 술을 몇 병 사 가지고 컨테이너로 갔어."

"사건이 벌어진 그 컨테이너 말인가요?"

"응. 석구가 하는 고물상에서 쓰는 컨테이너라 종종 가서 화투를 치기도 하고 술을 마시기도 했거든. 그날은 날도 선선해서 거기서 한잔하다가 한숨 자고 오면 된다고 생각했지."

"1, 2차 때 술을 얼마나 드셨나요?"

"1차는 곱창집에서 먹었어. 넷이서 대충 소주 열두어 병 마셨고, 2차는 길 건너 호프집에서 치킨이랑 맥주를 마셨는데 그 양이 2천짜리 네 개 정도였어."

속으로 그 정도면 아버지만큼 마시는 거네, 생각하고 있는데 준혁 아저씨의 질문이 이어졌다.

"컨테이너 가서도 많이 드셨나요?"

"안주가 없어서 깡소주를 마신 게 화근이었어. 석구는 했던 얘기를 또 하고 또 하고. 결국 명진이는 성질이 났고, 나 몰라라 하던 성섭이는 구석에서 잔다고 하고, 결국 내가 꾹 참고 들어 주었지. 미치는 줄 알았어."

"시간은 대충 언제였을까요?"

"그게 말이야. 우리 네 사람의 휴대폰 배터리가 하나같이 바닥나 버렸고, 컨테이너 벽시계도 고장이 나서 정확한 시간은 알 수 없었어. 대략 2차 끝난 게 밤 11시쯤이었고, 컨테이너에서도 두세 시간은 마신 것 같아."

"비는 언제쯤 왔습니까?"

"비? 우리가 도착하고 좀 있다 내리기 시작해서 새벽까지 쭉 내렸지."

"방송에서는 아저씨가 제일 마지막까지 마셨다고 하던데요."

이외인은 손사래를 쳤다.

"두 사람이 그랬다고 하니까 그런가 보다 했지. 사실은 나도 잘 몰라. 그냥 마시다 보니까 둘만 앉아 있었고, 오줌 누러 나갔다가 돌아와서 필름이 끊겼지."

"들어와서 주무신 건가요?"

"몰라. 곯아떨어져 있는데 성십이가 흔들어 깨워서 석구가 죽었다는 거야. 그래서 자다가 웬 봉창 두드리는 소리냐면서 일어났더니 문가 쪽에 석구가 누워 있더라고. 가까이 가서 봤더니 글쎄…… 피가 바닥에 흥건……."

당시 상황을 설명하는 이외인의 눈동자가 마치 지구인의 반격에 속수무책 당하는 외계인의 눈처럼 심하게 흔들렸다. 탐정 팀은 서로의 얼굴을 말없이 바라보면서 그때의 상황을 떠올리는 듯했다. 가볍게 헛기침을 하고 준혁 아저씨가 질문을 이어 갔다.

"방송에서는 아저씨가 마지막까지 함께 술을 마신 걸로 나왔는데요."

"아니라고 했잖아. 기억이 없는데 두 녀석이 자꾸 그렇게 얘기하니까 그런가 보다 했지."

"그럼 아저씨가 소변을 보고 돌아와서 주무신 이후에는 누가 윤석구 씨와 대면을 했다고 생각하십니까?"

"그, 그게 내가 잠귀가 어두워서 말이야. 마누라가 옆에서 코를 골고 자도 못 일어난다고."

이외인의 말을 들은 준혁 아저씨의 눈빛이 날카로워졌다. 잠시 생각에 빠져 있던 준혁 아저씨가 다시 물었다.

"그럼 윤석구 씨가 그날 이상한 말이나 행동을 하는 걸 본 적이 있습니까?"

"석구는 술에 취하면 개망나니라서 말이야. 그날도 컨테이너에 와서 명진이랑 싸우다가 갑자기 칼을 들어서 목을 찌르는 시늉을 하는 거야. 그래서 놀라서 다들 뜯어말리느라 혼났지."

이외인의 얘기를 들은 준혁 아저씨의 눈빛이 반짝거렸다.

"좀 구체적으로 얘기해 주세요."

대충 넘어가려고 했는지 이외인이 움찔했다. 하지만 쏟아지는 눈길을 견디지 못하고 털어놓았다.

"예전에 석구가 이혼할 때 명진이가 많이 놀렸거든. 그런데 얼마 전에는 명진이가 이혼을 하게 되었지. 석구가 그걸 잊지 않고 있다가 명진이를 약 올린 거야. 그러니까 명진이가 자기는 합의 이혼을 했지만, 너는 마누라가 도망친 게 아니냐고 받아쳐서 꼭지가 돌아 버린 거지."

"싸움이 크게 날 뻔했는데 두 분이 뜯어말린 거네요?"

"그렇다니까. 나는 석구가 든 칼을 빼앗았고, 성섭이도 명진이를 말렸지. 그러고 나서 명진이는 자러 간다면서 뒤쪽 컨테이너로 건너가 버렸어."

"그 후에 오명진 씨는 윤석구 씨와 대화를 나누거나 가까이 온 적이 없습니까?"

준혁 아저씨의 질문에 이외인이 얼굴을 찌푸렸다.

"거, 짭새들도 이렇게까지 자세히 묻지 않던데 말이야. 아무튼 내가 있을 때는 둘 다 가까이 오지 않았고, 잠든 이후는 모르겠어."

"그 이후에는 어땠습니까?"

"말도 마. 밤새 함께 술 마신 불알친구가 죽은 것도 황당한데 우리가 죽였다는 헛소문까지 돌아서 미치는 줄 알았어. 그 사건 후로 동네에서 얼굴도 제대로 못 들고 다녀. 잊을 만하면 방송사에서 카메라 들고 와서 들쑤시고 가고."

얘기를 마친 이외인은 땅이 꺼져라 한숨을 쉬었다. 분위기도 어느새 동정적으로 바뀌었다. 준혁 아저씨가 고맙다는 말과 함께 가셔도 된다고 하자 이외인은 소파에서 일어나면서 말했다.

"다음에는 명진이 들어오라고 할게. 나처럼 꼼꼼하게 물어봐."

이외인 다음은 오명진 씨였다. 이제는 트레이드마크가 돼 버린 파란색 선글라스를 한 손에 든 채 거실에 들어온 오명진은 이외인이 앉았던 자리에 그대로 앉았다.

"거, 분위기 한번 살벌하구먼."

이번에 질문을 던진 사람은 한준오였다. 물을 한 모금 마신 그가 손에 깍지를 낀 채 오명진을 바라봤다.

"컨테이너에서 무슨 일이 있었습니까?"

굉장히 공격적이고 직설적이어서 놀랄 줄 알았는데 오명진은 피식 웃고 말았다.

"외인이 녀석이 이상한 소리를 한 모양이군."

"심하게 싸웠다고 들었습니다만."

"죽은 사람이라 얘기를 안 하려고 했는데 그 새끼를 좀 패지 못한 게 아쉬워."

"왜 싸우신 건가요?"

"씨발놈이 내가 이혼을 하니까 놀리잖아. 자기는 20년 전에 이혼해 놓고 말이야. 컨테이너에 와서도 계속 찌질하게 그래서 내가 한마디했지. 그랬더니 밥상 위에 있던 칼을 들고 죽인다고 협박을 하지 뭐야."

"그래서 말렸습니까?"

"외인이랑 성섭이가 말렸고, 나는 그냥 뒤쪽 컨테이너에 가서 거기 있는 이불 덮고 잤어. 그러다가 아침에 일어났는데 어디선가 피비린내가 나지 뭐야. 그래서 자고 있던 성섭이한테 뭔 일이냐고 물었더니 그 녀석도 모른다면서 몇 번 두리번거리더니 그게 피라고 하더라고."

"피라고요?"

"어. 그래서 내가 대체 뭔 소리냐고 했더니 석구가 누워 있는 곳이 온통 피바다 같다지 뭐야. 정신이 번쩍 나서 가봤더니 죽어 있었어."

"옆으로 누운 채로 사망하신 거죠?"

"맞아. 뒤쪽 창고에도 마네킹이 똑같은 자세로 넘어져 있더구먼. 어이구."

오명진은 지긋지긋하다는 표정으로 고개를 저었다. 잠시 뜸을 들이던 한준오의 질문 세례가 이어졌다.

"싸운 다음에는 곧바로 주무셨다고 하셨는데 중간에 깨신 적은 없습니까?"

"없었어. 일어난 다음에도 술이 덜 깨서 뭘 어떻게 해야 할지 몰랐지. 내가 허둥대니까 신고도 성섭이가 했어."

"이외인 씨가 마지막까지 윤석구 씨와 술을 마셨다고

요?"

"그 자식은 자꾸 아니라고 하는데, 내가 자기 전에 두 눈으로 똑똑히 봤다니까."

"그럼 조성섭 씨는 그때 거기서 뭘 하고 있었어요?"

"성섭이는 중간에서 자고 있었지."

"어디 중간이요?"

"어디긴, 컨테이너 중간이지. 가 보면 알겠지만 컨테이너 두 개를 붙여 놓으면서 가운데를 텄어."

"그분은 언제부터 거기서 주무셨나요?"

"나야 모르지. 들어가자마자 싸우고 나서 바로 자 버렸으니까."

"한 번도 안 깨셨습니까?"

"사실 잠이 깨서 그냥 집으로 갈까 했는데 하필이면 석구가 문 앞에 앉아 있어서 나갈 수가 있어야지. 그래서 한시간 정도 뒤척거리다가 겨우 잠들었어. 그때까지 석구랑 외인이랑 계속 술 마시는 소리를 들었고."

경찰과 언론에 계속해서 말해 왔던 탓인지 모두들 당시 상황을 명쾌하게 설명해 주었다. 그렇게 깔끔하게 넘어가자 탐정 팀은 당황한 기색이 역력했다. 오명진과 얘기를 끝낸 탐정 팀은 다음 사람을 부르기 전에 잠시 쉬는 시간을 가졌다. 그때 오명진과 얘기를 나눴던 한준오가 자신 있게 말했다.

"저 사람은 거짓말을 하고 있어요."

"어떤 거짓말이요?"

김영환의 물음에 한준오가 확신에 찬 목소리로 대답했다.

"2차로 맥주를 그렇게 많이 마셨는데 잠을 자면서 한 번도 화장실에 안 갔다는 건 말도 안 됩니다."

"그, 그런가요? 저도 맥주를 좋아하는데 화장실은 잘 안 가는데요."

김영환이 뒷머리를 긁적거리며 대꾸하자 한준오는 입을 다물었다. 그때 아린이 누나와 김도나가 모습을 드러냈다. 지친 표정으로 소파에 앉은 아린이 누나에게 준혁 아저씨가 물었다.

"뭐 나온 거 있어요?"

한숨을 내쉰 아린이 누나가 고개를 저었다.

"도나랑 범행 현장에 남은 족적과 지문 다 확인해 봤는데 나오는 게 따로 없어요. 방송국 쪽에서는 과학적인 방법으로 이 사건이 해결되기를 바라지 않는 것 같아요."

아린이 누나의 말이 끝나자 김도나가 물었다.

"신문은 어땠어요?"

"이외인 씨와 오명진 씨를 신문했는데 수상쩍은 점은 없었습니다."

"하긴, 경찰도 단서를 못 찾은 사건이잖아요."

이제 마지막으로 조성섭 차례였다. 이번에는 김영환이 질문자로 나섰다. 요란한 헛기침으로 조성섭을 맞이한 김영환이 질문을 퍼부었다. 하지만 대체로 앞선 두 사람의 얘기가 사실이라는 점을 입증하는 수준에 그치고 말았다.

"그날 말다툼이 정확하게 무엇 때문에 일어난 거예요?"

"죽은 사람을 탓하는 게 좀 그렇지만 석구가 먼저 시비를 걸었어. 다들 석구를 위해 일부러 시간 내서 모였는데 신세 한탄만 하고 죽겠다고 하니 누가 좋아했겠어?"

"윤석구 씨의 시신을 가장 먼저 발견한 것으로 알고 있는데요."

"그랬지. 자다가 오줌 마려워서 눈을 떴는데 새벽이더라고. 밖에 비 오는 소리가 들려서 뒤집어쓰고 나갈 만한 걸 찾다가 석구가 옆으로 누워 있는 걸 발견했지. 처음에는 술 마시다가 쓰러져서 자고 있는 줄 알았는데 가까이

가니까 바닥에 뭐가 흥건하더라고. 처음에는 술을 쏟은 줄 알았어. 그런데 냄새도 이상하고 가까이서 보니까 술이 아니라 피더라고."

"그래서 어떻게 하셨어요?"

김영환의 물음에 조성섭이 입을 삐죽 내밀었다.

"어떡하긴, 자고 있는 외인이랑 명진이를 깨웠지. 다들 내 말을 믿지 않고 장난치는 줄 알지 뭐야. 우리 셋 다 휴대폰이 꺼져 버려서 일단 컨테이너 안에 있는 전화기로 경찰에 신고를 했어. 그제야 다들 정신을 차리고 허둥거렸지. 신고를 받은 경찰이 좀 있다가 왔어."

"최종적으로는 자살로 판명되었지만 세 분은 엄청 의심받으셨잖아요?"

김영환의 물음에 조성섭은 땅이 꺼져라 한숨을 쉬었다.

"일이 묘하게 그렇게 돌아가더라고. 경찰도 그렇고 검찰에서도 도통 우리 말을 안 믿고 자꾸만 추궁해서 미치는 줄 알았어. 그러다가 누가 헛소리라도 하면 진짜 빼도 박도 못 하게 되는 거잖아. 그래서 진짜 조마조마했지. 조사가 끝나고 나서도 한동안은 동네에 나가기만 하면 다들 어찌나 수군거리는지 난생처음으로 정신과를 다 찾아갔지 뭐야."

가만히 듣고 있던 아린이 누나가 물었다.

"윤석구 씨는 왜 자살을 한 거예요?"

"몰라. 그날 우리와 만날 때부터 죽고 싶다는 말을 입에 달고 있었어. 농담인 줄 알았는데 컨테이너에 가서 자기 목에 칼을 들이댔을 때는 큰일이다 싶었지. 평소에 자기는 무슨 일을 겪어도 끄떡없다고 큰소리를 쳤는데 마누라한테 차이고 몸까지 안 좋으니까 정말 괴로웠나 봐."

아린이 누나가 의심스러운 눈초리로 쳐다봤지만 더 이상 질문을 하지는 않았다. 이번에는 준혁 아저씨가 물었다.

"그래서 홧김에 자기 목을 찔렀다고 생각하십니까?"

"그것밖에 없잖아. 외부에서 침입한 흔적이 없다면서 경찰은 우릴 계속 의심했어. 근데 우리가 걔를 죽일 이유가 없거든. 결국 남은 건 자살밖에 없다고."

조성섭이 억울함을 토로하자 준혁 아저씨를 비롯한 탐정 팀은 막막한 얼굴로 서로를 바라봤다. 경찰도 범인을 못 찾은 마당에 하루 만에 결과를 뒤집기는 쉽지 않아 보였다. 그때 잠자코 있던 준혁 아저씨가 끼어들었다.

"혈흔 분석 결과는 어땠죠?"

"피? 외인이는 바지에 피가 좀 묻었고, 나랑 명진이는 깨끗했어. 걔가 쓰러진 입구 주변까지 혈흔이 있었고, 심지어 문 밖에 놔둔 신발에서도 혈흔이 나왔어. 그러니까 누군가 칼로 찔렀다면 혈흔을 피하지 못했을 거야."

어수룩해 보이는 겉모습과 달리 아저씨들은 마치 전문가처럼 얘기를 했다. 경찰과 언론에 하도 시달리다 보니까 그 부분에 대해서는 전문가 못지않은 지식을 쌓은 것 같았다. 더 이상 질문이 이어지지 않자 조성섭이 한숨을 내쉬며 말했다.

"우리 셋 다 자고 있을 때 석구 혼자 있다가 칼로 목을 찔러 버린 거지. 그때 우릴 깨웠으면 살 수도 있었는데 그놈의 자존심 때문에 그러지 못했을 거야."

"윤석구 씨는 칼에 찔리고 바로 사망한 게 아니었나요?"

"피를 많이 흘려서 의식을 잃고 사망했다고 그랬어. 술에 취해 비명조차도 못 지른 거지."

탐정 팀의 용의자 팀에 대한 조사는 그렇게 끝났다. 하지만 다들 단서를 찾지 못해 낙담한 표정이었다. 준혁 아저씨가 제일 먼저 자리를 털고 일어나면서 말했다.

"원래 마지막에 밝혀져야 극적이죠. 뒤쪽 창고로 가 보죠."

밖으로 나온 탐정 팀은 담배를 피우고 있던 용의자 팀

과 함께 창고로 향했다. 중간에 드론이 붕붕거리며 날아와 우리 주변을 파리처럼 맴돌았다. 당시 현장을 재현하기 위해 컨테이너 주변을 진흙탕으로 만들어 놨지만 중간 중간 놓인 디딤돌을 밟고 갈 수 있었다. 컨테이너 입구를 등진 채 옆으로 누워 있는 윤석구의 시신은 놀랄 만큼 잘 만들어졌고, 바닥에 고인 피도 진짜 같았다.

현장에는 아린이 누나와 김도나가 증거물을 찾으려 했던 흔적들이 여기저기 남아 있었다. 그걸 보면서 준혁 아저씨의 방식이 틀린 게 아닌가 하는 생각이 들었다. 이외인을 포함한 세 사람은 오랫동안 경찰 조사를 받았기 때문에 빈틈을 찾기가 어려웠다. 특히 시간이 부족하다는 점이 마음에 걸렸다. 다른 방법은 아린이 누나처럼 미세 증거물을 통해서 단서를 찾는 것이었다. 물론 두 사람은 준혁 아저씨에게 별다른 단서를 못 찾았다고 했지만 나는 의미심장한 눈빛을 주고받는 걸 눈치챘다.

이런저런 생각을 하는 사이 탐정 팀과 용의자 팀이 복원된 현장에 나타났다. 흘끔 쳐다보는 준혁 아저씨에게 혹시나 속마음이 들킬까 봐 나는 얼른 표정을 바꾸면서 말했다.

"이야! 진짜 잘 만들어 놨네요."

내가 뱉어 낸 감탄사에 준혁 아저씨도 동의한다는 표정으로 주변을 살펴봤다. 허름한 벽시계, 군데군데 썩고 구멍 난 장판, 먼지가 잔뜩 내려앉은 선풍기와 낡은 밥상이 보였다. 뒤쪽 컨테이너는 절반만 걸쳐진 채 옆으로 빠져나와 있었는데 붙어 있는 부분은 뚫려 있어서 자유롭게 건너갈 수 있었다. 뒤쪽에는 낡은 이불과 배개가 흐트러진 채로 있었다. 출입문이 있는 앞쪽 컨테이너는 술을 마신 곳 같았고, 뒤쪽 컨테이너는 이불과 배개가 있는 것으로 봐서 잠을 잔 공간 같았다. 출입문 바로 앞에는 윤석구의 시신으로 인형인지 마네킹인지를 가져다 놓았는데 실제와 거의 똑같았다. 심지어 문 밖에 네 사람의 신발이 비에 젖은 채 나란히 놓여 있는 것도 똑같았다. 컨테이너에서 세 명의 용의자들이 있던 곳은 하얀색 스프레이로 표시되어 있었고, 벽 쪽에 붙인 책상에는 당시 사건을 조사한 보고서와 사진들을 정리한 책자가 쌓여 있었다. 시신은 왼쪽으로 쓰러져 있었는데 오른쪽 목덜미 부분에서 흘러내린 피가 주변에 웅덩이처럼 고여 있었다. 책자를 챙겨서 옆으로 물러나는데 준혁 아저씨 바로 뒤에서 아린이 누나가 중얼거렸다.

"진짜 피가 어마어마하게 나왔네."

"이 정도면 과다 출혈로 사망하고도 남겠어요."

내가 아는 척하자 아린이 누나가 제법이라는 표정을 지었다.

"조수 노릇하더니 많이 늘었다."

"그럼요. 나름 백전노장이라고요."

아린이 누나와 내가 농담 따먹기를 하는 사이 준혁 아저씨를 비롯한 탐정 팀은 허리를 굽혀서 윤석구의 시신 인형을 자세하게 살펴봤다. 푸른색 등산복 바지에 검정색 남방을 입었는데 동네에서 흔히 만나는 아저씨들의 옷차림이었다. 그사이 나는 다른 사람들의 위치를 확인해 봤다. 인형은 없었지만 당시 현장의 모습이 담긴 사진들이 벽에 붙어 있어서 살펴볼 수 있었다. 탐정 팀이 이런저런 얘기를 나누었지만 대부분 서로 의견을 다투는 수준이어서 굳이 새겨들을 필요가 없었다. 그러다가 이상한 점을 하나 발견했다.

"바지들이 다 똑같네요."

내 얘기를 들은 탐정 팀은 하고 있던 얘기를 딱 멈췄다. 그리고 약속이나 한 것처럼 문가에 모여 있는 용의자 팀을 바라봤다. 그러자 이외인이 우물쭈물 대답했다.

"사건이 일어나기 몇 달 전에 동네 등산복 가게가 망하면서 떨이로 내놓은 걸 함께 샀거든. 원 플러스 원에 2만 원인가 해서 네 벌을 샀어."

이외인 다음으로 오명진이 덧붙였다.

"허리띠도 필요 없이 고무줄로 되어 있고, 땀도 잘 흡수해서 동네 다닐 때 자주 입었지."

양쪽 얘기에 흥미를 잃은 나는 컨테이너 안을 살펴봤다. 뒤쪽 컨테이너는 출입문이 없었고, 창문에도 창살이 쳐져 있어서 사람이 나가는 건 불가능해 보였다.

"결국 밀실인 셈이네."

출입문 앞에 윤석구가 있고, 외부에서 접근한 흔적이 전혀 없으니 결국은 클로즈드 서클이 맞는 셈이었다. 그렇다면 범인은 셋 중 하나거나 자살이어야 했다. 당시 상황을 객관적으로 보여 줄 CCTV도 없고, 미세 증거물도 확보하지 못한 상태에서 살아남은 세 사람은 용의자이자 목격자일 수밖에 없었다. 가장 큰 어려움은 그들의 얘기를 증명할 방법이 없다는 점이었다. 용의자 팀은 시신 인형 주변에서 열띤 토론을 하고 있는 탐정 팀을 물끄러미 바라봤다. 안쪽 컨테이너에서 그 광경을 바라보고 있던 내게 창밖의 아린이 누나가 말을 걸었다.

"어떻게 생각해?"

"뭘요?"

"이 사건 말이야. 골 때리지 않아?"

"그러게요. 준혁 아저씨랑 저 사람들 머리깨나 아프겠어요."

"내일이면 결과를 발표해야 하니까 시간이 없어. 잠깐 밖으로 나올 수 있니?"

"네."

나는 문 앞의 시신 인형을 조심스럽게 지나 컨테이너 뒤쪽으로 향했다. 그곳에는 아린이 누나와 김도나가 나란히 서 있었다. 아린이 누나가 허리를 숙여 내 눈을 바라봤다.

"너, 우리랑 손잡을래?"

"그게 무슨 얘기예요?"

짐짓 모른 척하고 묻자 아린이 누나가 씩 웃었다.

"네가 보기에는 저 탐정 아재들이 범인을 찾을 수 있을 것 같니?"

"반반요. 그리고 범인을 찾지 못하고 자살인 것만 제대로 밝혀도 상금을 받을 수 있잖아요."

"야, 넌 방송국 놈들을 믿니? 재미없어서 시청률이 안 나오면 상금이고 뭐고 없을 거야."

"그럼 어쩌게요?"

"이 상황을 재미있게 만들어 보는 거야. 일단 네가 준혁 아저씨랑 그 패거리들 얘기를 들어 보고 나한테 알려 줘."

"어떡하시려고요?"

"나랑 도나는 다른 추리를 하는 거지. 맞으면 대박이고, 틀려도 본전이잖아."

"저보고 지금 스파이 노릇을 하라는 얘기예요?"

내 질문에 아린이 누나가 고개를 저었다.

"아니, 동업을 하자는 거지. 탐정 놀이하는 친구들은 준혁 씨까지 넷이잖아. 설령 정답을 맞힌다고 해도 상금은 넷으로 나눠야 해. 그러면 네 몫은 준혁 씨 상금에서 받아야 하는데 과연 얼마나 받을 수 있을까?"

나는 재빨리 머리를 굴렸다. 돌아가는 걸 보니 오기 전에 약속한 대로 둘이 상금을 나누는 건 어려워 보였다. 준혁 아저씨가 진짜 제대로 머리를 굴려서 범인을 찾아낸다고 해도 탐정 팀이 모두 네 명이니까 2천만 원 이상은 받기 힘들 것이다. 그러면 나한테는 잘해야 5백만 원이 떨어질 것이다. 그런 생각에 잠겨 있던 내게 아린이 누나가 달콤한 제안을 했다.

"만약 우릴 도와주면 최소한 1,500만 원은 보장해 줄게."

"진짜요?"

"우리 셋이 일단 1,500씩 공평하게 나누고, 결정적인 역할을 한 사람에게 5백 더 주는 거야. 어때?"

최소 1,500에 잘하면 5백을 더 챙길 수 있는데 주저할 이유는 없었다. 나는 말이 끝나자마자 손을 내밀면서 말했다.

"대신 비밀을 지켜 주셔야 해요."

"양다리 걸치겠다는 얘기구나. 정보만 제대로 알려 주면 노터치 해 주지."

역시 눈치는 정말 빠르다고 속으로 생각하면서 돌아섰다. 그사이 탐정 팀은 자기들끼리 펜션 쪽으로 가는 중이었다. 뭔가 중요한 얘기를 나누는 것 같아 얼른 뒤따라갔다. 주변을 두리번거리던 준혁 아저씨가 카메라가 없는 으슥한 곳으로 사람들을 모이게 했다. 내가 태연하게 끼어들자 준혁 아저씨는 힐끔 쳐다보고는 팀 사람들에게 얘기했다.

"어떤 거 같아요?"

서로 얼굴을 바라보던 팀원들 가운데 가장 먼저 입을 연 사람은 한준오였다.

"애매해요. 다들 서로의 알리바이를 증명해 주고 있어

요. 그걸 깨려면 확실한 물증이나 증언이 있어야 하는데 그게 없는 상황이면 어려워요."

김영환 역시 어두운 표정으로 입을 열었다.

"저도 같은 생각입니다. 쉽지 않겠어요."

두 사람의 얘기를 들은 준혁 아저씨가 전자담배를 만지작거리는 김상열을 바라봤다. 하지만 그 역시 고개를 저었다.

"도통 모르겠네요. 뭔가 논리를 만들어 낼 수는 있을 것 같은데 세 명이 아니라고 하면 반박할 수가 없잖아요."

그 뒤로도 비슷한 얘기가 계속되자 준혁 아저씨가 나를 힐끔 바라봤다. 내가 잘 모르겠다는 몸짓을 취하자 크게 한숨을 쉬더니 말했다.

"이렇게 되면 남은 건 한 가지 방법밖에 없겠네요. 다들 모여 봐요."

저녁을 먹고 컨테이너에서 가져온 책자를 보다가 산책을 한다는 핑계로 밖으로 나왔다. 그 직전에 각 방과 거실에 설치된 스피커에서 차 피디의 목소리가 들렸다.

"다들 열심히 추리 중이십니까? 드디어 내일 심판의 날이 다가왔습니다. 내일 낮 12시에 모두들 거실에 모여 주십시오. 그리고 그동안 밝혀낸 진실을 들려주시기 바랍니다. 내일 낮 12시입니다."

뜻하지 않은 상황에 몰래 나가려던 걸 들키는 게 아닌가 싶었지만 다행히 준혁 아저씨는 팀원들과 모여서 얘기하느라 전혀 신경 쓰지 않았다. 바깥에는 촬영 때문인지 대낮처럼 환한 조명이 켜져 있었다. 범죄 현장을 재현한 창고의 뒤편으로 돌아가자 야트막한 바위가 보였고, 거기에 아린이 누나와 김도나가 있었다. 바위를 밟고 올라가자 담배를 피우고 있던 김도나가 슬쩍 옆으로 비켜 앉았다.

"여기 앉아."

"네."

바위에 엉덩이를 붙이고 앉자 검푸른 밤바다와 건너편에 제작진이 머무는 섬이 보였다. 그곳에도 불이 환하게 켜져 있고 오가는 사람들이 어렴풋이 보였다.

"어떻게 돌아가니?"

"준혁 아저씨가 주동이 되어서 아이디어를 짜고 있어요."

"어떤 아이디어?"

"세 사람이 윤석구의 자살을 목격하고도 모른 척했다는

쪽으로요."

"오호, 참신하네."

"자살을 막지 못해서 살인자가 될 수 있다는 공포감 때문에 세 사람이 서로를 지켜 주는 알리바이를 만들었고 그대로 진술한 걸로 몰아갈 생각인가 봐요."

"그건 상관없지만 물증이 없잖아."

"그래서 지금 용의자 팀을 설득 중이에요."

"어떻게?"

"자살을 목격하고 겁이 나서 거짓말한 게 죄는 아니니까 이 기회에 속 시원하게 털어놓자고요."

"세 사람이 순순히 응할까?"

"처음에는 펄쩍 뛰었는데 준혁 아저씨가 그럼 우리끼리 발표하겠다고 윽박지르고 있어요. 그러면 일이 더 커질 거라면서 차라리 범죄가 성립되지 않는 선에서 정리하자고 설득 중인 것 같아요."

"생각보다 머리가 좋네."

아린이 누나가 살짝 코웃음을 치자 김도나도 같은 생각이라는 듯 고개를 끄덕거렸다. 아린이 누나가 나를 바라보면서 말했다.

"하긴 그게 더 재미있겠네."

"누나는 어떻게 할 거예요?"

"우리?"

아린이 누나는 살짝 웃으면서 김도나를 바라봤다. 김도나가 엉덩이를 털고 일어나면서 밤바다를 등지고 나를 바라봤다.

"우리도 뭔가 조사해 놓은 게 있어."

"진짜요?"

"내일 기대해도 좋아."

"하지만 차 피디가 탐정 팀에서 얘기한 게 정답이라고 생각할 수도 있잖아요."

"염려 마. 이번 일에 정답은 없으니까."

알쏭달쏭한 얘기를 한 김도나가 아린이 누나를 바라보면서 웃었다. 나는 턱을 괸 채 이상한 일이 벌어지고 있는 섬을 내려다봤다. 빛과 어둠이 교차하는 가운데 진실을 밝히려는 사람들과 어떻게든 숨기려는 사람들이 보였다.

그다음 날, 사람들은 일찍부터 움직였다. 일찌감치 일어난 준혁 아저씨는 탐정 팀은 물론이고 용의자 팀과도 카메라가 없는 곳에서 만나 계속 얘기를 주고받았다. 아린이 누나와 김도나 팀도 따로 만나서 얘기를 나누는 것 같았지만 뭐가 어떻게 돌아가는지는 알 수 없었다. 정오가 되어 가자 참가자들은 하나둘씩 거실에 모여들었다. 불편하고 어색한 침묵이 흐르는 가운데 시계가 12시를 알리자 TV가 켜지면서 차 피디가 화면에 나타났다.

"자, 다들 모이셨습니까? 그럼 어떤 추리를 하고 어떤 결정을 내렸는지 말씀해 주시겠습니까?"

탐정 팀은 서로 눈치를 봤고, 좀 떨어진 곳에 앉은 용의자 팀 역시 침묵을 지켰다. 아린이 누나와 김도나 역시 꼼짝도 하지 않았다. 짧지만 긴 침묵이 이어지는 가운데 준혁 아저씨가 일어났다.

"저는 동료들과 함께 이 사건을 면밀하게 조사하면서 하나의 결론을 얻었습니다."

화면 속 차 피디가 흥미로운 눈길로 바라보자 긴장을 풀기 위해서인지 가볍게 헛기침을 한 준혁 아저씨가 말을 이어 갔다.

"저와 동료들은 4년 전 벌어진 컨테이너 밀실 살인 사건의 중요한 비밀을 알아냈습니다. 그것은 바로……."

준혁 아저씨가 좀 떨어진 곳에 앉은 용의자 팀을 어색한 눈길로 바라봤다. 이미 연습을 한 것 같은데 누가 봐도

발 연기였다.

그때 화면 속의 차 피디가 미친 사람처럼 웃어 댔다. 지켜보던 나는 짜증과 함께 두려움이 생겼다.

"무슨 장난질을 치려고 저러는 거죠?"

옆에 있던 아린이 누나에게 물어봤지만 누나는 굳은 표정으로 아무 말도 하지 않았다. 그때 화면이 바뀌고 다들 충격과 공포에 빠져 버렸다.

"뭐, 뭐야!"

준혁 아저씨는 놀라서 입을 다물지 못했다. 화면에는 준혁 아저씨를 비롯한 탐정 팀이 모여서 얘기를 나누는 장면이 고스란히 찍혀 있었다. 카메라가 생각보다 많이, 그리고 꼼꼼하게 설치된 모양이었다. 화면에는 준혁 아저씨가 팀원들을 설득해서 용의자들이 윤석구의 죽음을 목격하고도 방관했다는 가설을 주입하는 장면이 그대로 나오고 있었다. 그리고 이어지는 화면에서는 용의자 팀을 만나 설득과 협박을 통해 회유하는 모습이 나왔다. 화면은 좀 어두웠지만 목소리는 제대로 들렸다. 준혁 아저씨가 싫다고 말하는 용의자들에게 방방 뛰면서 협박하는 내용이 그대로 나오자 다들 충격에 빠졌다.

덕분에 거실로 차 피디가 걸어 들어오는 것도 눈치채

지 못했다. 차 피디가 묘한 표정을 지으며 박수를 치기 시작한 뒤에야 참가자들이 고개를 돌려 그를 바라봤다. 나는 처음에 그가 준혁 아저씨에게 방송을 망쳤다고 화를 낼 줄 알았다. 하지만 차 피디는 오히려 호탕하게 웃었다. 그 웃음에 뭔가 의미가 담겨 있는 것 같아서 불길한 기운이 확 밀려왔지만 이미 때는 늦었다.

"저는 여러분들이 범인을 잡을 줄 알았습니다. 그런데 오히려 범인을 만들려고 하시더군요. 그것도 협박을 통해서 말이죠."

"그, 그게 방법이 없어서요."

준혁 아저씨가 더듬거리며 변명했지만 누가 봐도 속임수가 분명했다. 거기다 명백한 증거까지 남은 상황이니 준혁 아저씨와 팀원들은 입이 열 개라도 할 말이 없었다. 차 피디는 변명을 하려는 준혁 아저씨를 쏘아봤다.

"저에게 뭐라고 하셨습니까? 어떤 상황에서도 증거만 있으면 범인을 잡고 진실을 밝혀낼 수 있다고 하셨죠? 나머지 사람들도 마찬가지고요. 그래서 전 여러분이 범인을 잡을 수 있도록 모든 준비를 해 드렸습니다. 하지만 여러분은 꼼수와 협박으로 일관했습니다. 과연 여러분을 탐정이라고 부를 수 있겠습니까?"

차 피디가 솔직한 속내를 토로하는 동안 준혁 아저씨와 탐정 팀 전원은 고개를 들지 못했다. 얘기를 마친 그가 거실에 앉은 참석자들을 돌아보면서 여유롭게 말했다.

"이것으로 촬영을 마치겠습니다. 각자 짐을 챙겨서 한 시간 후에 부두로 나와 주시기 바랍니다."

차 피디가 돌아서자 준혁 아저씨가 다급한 표정으로 다가갔다. 문가에서 잠시 얘기를 나누고 돌아서는 아저씨의 얼굴은 백지장처럼 창백했다. 다른 참가자들이 짐을 챙기러 올라간 상황에서도 아저씨는 소파에 앉아 두 손으로 머리를 감쌌다. 나는 조심스럽게 다가가서 물었다.

"왜 그래요?"

"완전 망했다."

"들켰으니까 어쩔 수 없죠."

"그 정도가 아니야. 쟤가 바로 진모태야."

"네?"

뜻밖의 얘기에 나 역시 깜짝 놀랐다.

"진모태라면 모리어티 클럽의 수장이라고 하지 않았어요?"

"맞아. 완전 베일에 가려진 인물이지. 범죄를 배후에서 조장하고 나 같은 셜로키언들을 파멸시키는 것을 목표로 삼은 악당 말이야."

"차 피디가 정말 진모태 맞아요?"

나는 충격으로 여전히 얼떨떨한 상태였다. 내 말에 준혁 아저씨가 얼굴을 확 찡그렸다.

"백 퍼센트라니까. 다른 피디라면 촬영이 이렇게 개판이 되었는데 훈계나 하고 있겠어? 참가자 구성을 보고 좀 이상하다 했는데, 이런 함정을 파 놓고 있었을 줄이야."

"그래도 탐정들끼리 계획을 짜고 하나의 결론을 만들 거라고는 생각하지 못했겠죠."

"어차피 범인을 못 잡아도 편집을 통해서 망신을 주려고 했을 거야. 그것도 모르고 나는 먹잇감을 덥석 물었고."

"이제 다 끝났으니까 집으로 가요."

고대했던 상금이 눈앞에서 날아갔지만 나는 이상하게 마음이 편했다. 역시 클로즈드 서클은 나랑 안 맞는다는 판단이 내려졌다. 하지만 준혁 아저씨는 타고난 성격과 어울리지 않는 판단을 내렸다.

"여기서 물러날 수는 없지."

"그럼요?"

"만회할 수 있는 방법이 하나 있어, 조수."

조수라고 할 때마다 항상 빡세게 일을 시켰기 때문에

겁이 덜컥 났다.

"어떻게요?"

"진범을 찾는 거지. 현장도 복원되어 있고, 용의자들도 여기 있잖아."

"한 시간밖에 안 남았어요."

"우리가 가지 않으면 떠나지 못할 거야. 사실 조사하면서 이상한 부분이 없지는 않았어."

"어떤 게 이상했는데요?"

"진술이 너무 일관적이잖아. 갑작스럽게 친구가 죽고 용의자로 몰렸다면 멘붕이 왔어야 했는데 마치 남의 일처럼 담담하게 진술하잖아."

"그거야 똑같은 질문을 몇 번씩이나 받았으니까 그렇겠죠. 조금이라도 이상하면 의심을 받으니까요."

"맞아. 그 부분을 파고들고 싶었는데 시간이 부족해서 꼼수를 쓴 거였어. 세 사람이 어떤 형태로든 윤석구의 죽음에 관여했지만 의심을 사는 게 두려워서 서로 입을 맞춘 거라고."

"증거가 없잖아요."

"맞아. CCTV도 없고 미세 증거물도 없어서 목격자 진술뿐이었잖아. 그러니까 그것만 깨면 돼. 어서 움직이자,

조수."

준혁 아저씨는 벌떡 일어나 컨테이너가 있는 창고로 향했다. 주저하던 나도 결국 따라 나섰다. 어쨌든 조수는 탐정을 따라야 하는 법이니까.

준혁 아저씨가 창고로 들어서자 이번에도 조명이 알아서 켜졌다. 헐레벌떡 뒤따라가면서 내가 물었다.

"뭘 찾아야 해요?"

"일단 현장을 보면서 이상한 점을 찾아보자. 어제 얘기한 바지처럼 사소한 것도 놓치면 안 돼."

"알았어요."

일단 시키는 대로 하자는 생각에 대답을 하고는 컨테이너를 바라봤다. 그런데 입구에 놓인 시신 인형이 좀 이상했다. 체구도 작아지고, 놓인 각도도 이상했다. 무엇보다 인형에서 흘러나온 붉은색 물감 같은 게 컨테이너 밖으로 계속 흘러나오고 있었다. 앞장 선 준혁 아저씨도 이상한 낌새를 알아챘는지 걸음을 멈췄다.

"뭐, 뭐지?"

뒷걸음친 준혁 아저씨를 뒤로 한 채 컨테이너 쪽으로 다가갔다. 무서웠지만 죽일 놈의 호기심이 발동해 저절로 걸음이 옮겨졌다.

"사, 상태야!"

울 것 같은 준혁 아저씨의 목소리를 무시한 채 컨테이너로 다가가자 모든 게 명확해졌다. 나는 돌아서서 준혁 아저씨에게 말했다.

"진짜 시신이에요."

"지, 진짜라니? 누가 죽은 건데."

"조성섭 씨 같아요."

"으아악!"

준혁 아저씨는 괴성을 지르며 밖으로 도망쳤다. 살인을 재현한 곳에서 진짜 살인 사건이 벌어지고 말았다.

부두로 향하던 참가자들은 준혁 아저씨의 얘기를 듣고 창고로 가서 시신을 확인했다. 예상 밖의 죽음을 목격한 사람들은 다양한 반응을 보였다. 놀라움과 당혹스러움은 물론이고 호기심과 두려움까지 모두 혼재되어 있었다. 나 역시 실제 시신을 본 것은 처음이라 말이 나오지 않았다. 그런데 생각보다 엄청나게 무섭지는 않았다. 오히려 살짝 흥분이 되었다. 아린이 누나가 귓가에 살짝 속삭이는 얘기에서 그 흥분감이 어디서 오는지 추측할 수 있었다.

"이 안에 진짜 살인자가 있는 거잖아. 다들 흥분되겠어."

가장 당황한 사람은 역시 차 피디였다. 그는 어딘가와 통화를 한 뒤에 건조한 목소리로 우리에게 말했다.

"데리러 오기로 한 배가 엔진 고장으로 돌아갔답니다."

"그럼 제작진이 탄 배로 돌아가면 안 돼요?"

준혁 아저씨의 말에 차 피디는 찡그린 표정으로 고개를 저었다.

"그 배는 엔진이 달린 작은 고무보트 수준입니다. 여기서 육지까지 타고 갈 수는 없는 배예요. 다른 배가 오기로 했는데 두 시간쯤 더 걸린답니다."

"그럼 그 안에 범인을 잡으면 되겠네요."

준혁 아저씨의 말에 차 피디가 어처구니없다는 표정으로 바라봤다.

"말도 안 됩니다."

"안 될 건 없죠. 조성섭 씨는 12시에 거실에 있었어요. 짐을 가지러 방으로 돌아간 이후에 나와 조수에게 시체로 발견되기 전에 살해당한 거죠. 범인은 분명 이 안에 있어요. 범행이 일어난 지 얼마 되지 않았으니까 우리가 잡을 수 있어요."

참가자들이 웅성거리자 차 피디는 고개를 절레절레 저었다.

"모든 게 세팅된 상황에서도 결국 범인을 못 잡았잖아요."

"그거야 시간이 부족했던 거고요. 펜션 주변 CCTV를 보여 주면 범인을 더 쉽게 잡을 수 있겠는데요."

준혁 아저씨의 반박에 우물쭈물하던 차 피디가 대답했다.

"12시가 되면서 껐습니다. 발전기를 돌려서 쓰는 거라 전력량이 빠듯했거든요."

"알겠습니다."

짧게 대답한 준혁 아저씨가 창고에 모인 참가자들을 향해 말했다.

"일단 현장을 같이 살펴본 후에 펜션으로 돌아가서 거실에 모여 주십시오. 그리고 12시 이후부터 부두로 갈 때까지 어떻게 움직였는지 한 사람씩 진술해 주시기 바랍니다."

"잠깐만요!"

참가자들 가운데 김도나가 손을 번쩍 들었다.

"추리 소설이나 영화를 보면 첫 번째 발견자가 범인인 경우가 많던데요."

자칫하다가는 범인으로 몰릴 것 같아 내가 재빨리 나섰다.

"둘이 거의 동시에 목격했어요. 현장에는 가까이 가지도 않았고요. 보시다시피 손이나 옷에 피가 묻거나 튀지도 않았잖아요."

김도나가 뭐라고 더 얘기하려 하자 준혁 아저씨는 손을 저으면서 말했다.

"시간 없으니까 얼른 현장으로 가서 보고 펜션으로 가시죠. 우리도 진술하겠습니다."

결국 참가자들 모두 현장을 살펴보기로 했다. 방송국에서 만든 시신 인형이 한쪽 구석으로 치워지고 그 자리를 조성섭의 시신이 차지하고 있었다. 칼에 찔렸는지 피가 흥건하게 고여서 가짜 피를 덮어 버렸다. 고개를 내밀고 시신을 살펴보던 한준오가 말했다.

"아랫배와 가슴을 찔린 것 같습니다."

그러자 김상열도 고개를 끄덕거렸다.

"손에 별다른 상처가 없는 걸로 봐서는 안면이 있는 사람의 소행입니다. 눈앞에서 갑자기 칼을 꺼내서 찔러 버린 거죠."

두 사람의 말이 끝나자 무거운 침묵이 흘렀다. 그리고 누군가의 죽음이라는 충격이 어느 정도 가시자 호기심과 궁금증이 참가자들 사이를 감돌았다.

"누군가에게 유인되어서 왔다가 갑작스럽게 칼에 찔린 거예요. 범인은 우리 가운데 있는 게 분명해요."

준혁 아저씨가 우리라는 말을 강조해서 얘기하자 더 무거운 침묵이 흘렀다. 사람들은 서로의 얼굴을 바라봤다. 나 역시 준혁 아저씨를 제외한 참가자들의 얼굴에서 살인의 흔적을 발견하려고 애썼지만 실패했다. 모두들 비슷한 표정을 하고 있었기 때문이다.

펜션으로 돌아오면서 준혁 아저씨가 내 옆구리를 꾹 찔렀다.

"왜요?"

"감이 와?"

"왔다 갔다 해요."

"시간이 없어."

"특단의 대책이 필요하죠?"

내 물음에 준혁 아저씨가 고개를 끄덕거렸다. 거실로

돌아온 참가자들은 한 명씩 자신의 행적에 대해서 얘기했다. 먼저 죽은 조성섭과 함께 온 오명진과 이외인이 차례대로 말했다.

"방에 가서 짐을 가지고 내려오니까 사람들이 모여 있더라고. 그래서 뒤에서 담배 한 대 피우고 뒤따라갔지."

"속옷을 갈아입느라 좀 늦게 내려갔더니 다들 부두 쪽으로 가고 있더라고. 나도 헐레벌떡 따라갔지."

"두 분 다 조성섭 씨를 못 봤나요?"

준혁 아저씨의 질문에 두 사람은 나란히 고개를 저었다. 그리고 머뭇거리다가 오명진이 입을 열었다.

"사실 여기 온 이후부터 서로 얘기를 잘 안 했어."

"왜요?"

"나는 오고 싶지 않았는데 외인이가 자꾸 오자고 해서 왔거든. 말다툼하다가 화가 나서 서로 얼굴을 안 봤지."

그 얘기를 듣던 나는 섬에 도착한 첫날, 새로운 방송 콘셉트가 공개되자 두 사람이 이외인을 붙잡고 화를 냈던 모습이 떠올랐다.

"그래도 방이 서로 붙어 있잖아요."

"문 닫고 들어가면 끝이지. 아까 계단 올라가면서 같이 가자고 했는데 들은 척도 안 하더라고."

오명진의 말에 이외인이 맞다는 듯 고개를 끄덕거렸다. 그 모습을 보고 있자니 머릿속에서 어떤 생각이 스쳐 지나갔다. 준혁 아저씨가 그런 나를 힐끔 보고는 이번에는 일행 전체에게 질문을 던졌다.

"부두로 가면서 조성섭 씨를 보신 분 있으십니까?"

다들 서로의 얼굴을 쳐다보고는 고개를 저었다.

"그럼 처음부터 부두로 가지 않고 창고로 갔던 모양이군요."

"왜 끌려가지 않고 자발적으로 갔다고 생각하세요?"

김도나의 질문에 준혁 아저씨가 굳은 표정으로 대꾸했다.

"저항한 흔적도 없고 주변도 깨끗해서요. 아마 살인자가 따로 할 얘기가 있다면서 컨테이너로 유인했을 겁니다. 그리고 거기서 칼로 찔러 죽인 거죠."

준혁 아저씨의 단호한 대답에 김도나는 복잡한 표정을 지으며 입을 다물었다.

준혁 아저씨는 차례대로 사람들에게 행적을 물었다. 그 결과 대략적인 상황을 추측할 수 있었다. 차 피디와 김도나, 아린이 누나가 제일 먼저 부두로 향했고, 김상열과 김영환, 오명진이 그다음이었다. 이외인은 따로 갔고, 마지막으로 한준오가 뒤따라갔다. 하지만 어느 누구도 조성섭을 보지 못했고, 창고로 가는 것도 목격하지 못했다고 대답했다. 부두로 가는 길은 하나뿐이었지만 길옆이 모두 숲이라 몸을 숨기고 펜션 쪽으로 돌아오는 건 어렵지 않았다. 오히려 의심은 끝까지 펜션에 남은 우리 둘에게 쏟아졌다. 그사이 나는 아린이 누나에게 주방으로 오라는 눈짓을 하고 일어났다. 잠시 후 주방으로 온 아린이 누나가 미안한 표정으로 속삭였다.

"고백할 게 있어."

"뭔지 알아요. 그냥 온 게 아니라 따로 이유가 있어서 온 거죠?"

내 말에 아린이 누나가 씁쓸하게 웃었다.

"역시 상태는 똑똑해. 사실은 차 피디가 사업에 도움이 되는 방송을 해 줄 테니까 함께 오자고 했어."

"와서 뭘 하라고 했는데요?"

"준혁 씨랑 탐정들이 뭘 꾸미고 있는지 알려 달라고 했어."

"휴대폰도 없는데 어떻게요?"

아린이 누나가 뒷주머니에서 작은 무전기를 꺼내 보여 주었다.

"어제 저녁에 만났던 곳에 이걸 숨겨 놨었어. 이걸로 알려 달라고 하더라."

약간의 배신감과 허탈감이 밀려왔다. 그런 내 표정을 보고 아린이 누나가 미안한 기색으로 말했다.

"미안! 나도 차 피디가 작정하고 참가자들을 골탕 먹이려는 줄은 몰랐어."

"모리어티 클럽의 수장 진모태라서 그래요. 준혁 아저씨랑 다른 셜로키언들에게 망신을 주려고 이번 일을 기획한 거예요."

"진짜? 어쩐지 이상하더라."

허탈해하는 아린이 누나에게 내가 슬쩍 말했다.

"범인이 누군지 알 것 같아요."

"진짜? 누군데?"

"여기선 얘기 못 해요. 창고로 가서 얘기해요, 누나."

뒤쪽 문을 통해 밖으로 나가서 창고 앞에 서서 돌아보자 아린이 누나가 어깨를 으쓱거렸다.

"여긴 좀 무서운데."

"그래도 조용히 얘기할 만한 곳은 여기가 딱이잖아요."

아린이 누나의 말을 듣고 나서야 진짜 시신이 있다는 생각이 들긴 했지만 어쩐지 무섭지는 않았다. 문을 열어놓은 채 근처로 다가갔다. 아린이 누나 역시 내 옆에 서서 컨테이너 쪽을 바라봤다.

"우리가 놓치고 있는 게 있어요."

"그러니까 사건이 해결되지 않았겠지. 우리가 놓친 게 뭘까?"

"완벽하다고 생각한 게 아닐까요? 증언과 진술, 그리고 눈에 보이는 현장까지요."

"사실 그 부분 어딘가에서 허점을 찾아야 하는데 없었잖아. 무엇보다 목격자들의 진술이 명확했고."

"아뇨, 명확하지 않은 부분이 있어요."

"어떤 부분?"

아린이 누나의 물음에 나는 마음속에 담아 두고 있던 생각을 털어놨다.

"바지요."

"바지?"

"네 사람 모두 같은 바지를 입고 있었어요."

"맞아. 같은 색깔의 등산복 바지였지."

"현장에서 혈흔이 유일하게 나온 게 이외인 씨의 바지였어요. 사실 세 명 모두 혐의점을 벗어난 가장 큰 이유는 이외인 씨를 제외한 나머지 두 사람에게서 혈흔이 나오지 않았다는 점이죠. 피는 엄청나게 빠른 속도로 튀기 때문에 의도적으로 피한다는 건 불가능해요. 거기다 물이나 다른 걸로 씻어 낸다고 해도 루미놀 반응은 피해 갈 수 없어요. 유일하게 혈흔이 나온 이외인 씨의 경우에도 오른손잡이였기 때문에 윤석구 씨의 오른쪽 목덜미에 칼을 찌를 수가 없었어요. 거기다 칼에서는 윤석구 씨의 지문밖에 나오지 않은 상황이었고요."

"사건을 아주 잘 알고 있네."

"사건 보고서가 든 책자를 계속 읽었거든요. 그러다가 바지가 이상하다는 걸 느꼈어요."

"넷이 같은 바지를 입은 거?"

아린이 누나의 물음에 나는 고개를 저었다.

"책자에 보면 사건이 발생한 직후 이외인 씨를 찍은 사진 속 바지가 좀 컸어요."

"뭐라고?"

나는 영문을 몰라 하는 아린이 누나에게 책자에서 뜯어온 사진을 보여 주었다. 경찰서에서 찍힌 이외인 씨의 사진 가운데 하나였는데 입고 있는 바지가 길어서 신발을 다 덮을 정도였다.

"이 바지에 혈흔이 묻었다는 게 관건이에요."

"그럼 이 바지가 이외인 씨 게 아니란 말이야?"

"바꿔치기되었을 가능성이 높아요. 어차피 똑같은 바지라서 바꿔 입어도 다른 사람들은 눈치채지 못할 테니까요."

"하지만 그것만 갖고는 범인을 알 수 없잖아. 흉기에는 죽은 윤석구의 지문만 남아 있다고 했고."

"왜 손만 썼다고 생각하세요?"

내 반문에 아린이 누나가 입을 살짝 벌린 채 아무 말도 하지 못했다.

"죽은 윤석구 씨는 술에 취한 채 자기 목에 칼을 대고 죽겠다고 한 적이 있었잖아요. 그때 누군가 발로 그 칼을 찼다면요."

"맙소사."

"물론 치명상은 아니었고 다들 취해 있었으니까 그때는 그냥 넘어갔을 거예요. 하지만 잠에서 깨어나니까 윤석구가 죽어 있고, 자기 바지에 피가 묻어 있는 걸 봤다면 얘기가 달라지죠. 그래서 급한 대로 윤석구와 마지막까지 있다가 잠든 이외인 씨의 바지랑 바꿔치기를 한 거죠."

"그렇게 해서 빠져나갔다고?"

"혈흔이 묻은 바지는 유일한 증거물이었고, 동시에 세 목격자의 무죄를 증명해 주는 강력한 증거였어요. 만약 오

257

명진이나 조성섭이 혈흔이 묻은 바지를 입고 있었다면 두 사람이 범인이 되거나 죽음을 방조했다고 의심을 받았을 거예요."

준혁 아저씨가 입버릇처럼 말하던, 불가능한 것들을 제외하고 남은 것이 아무리 사실 같지 않더라도 사실일 수밖에 없는 것이다.

혈흔을 묻히지 않고 윤석구를 죽일 수 있는 방법을 고민하다가 문득 발이 떠오른다. 하지만 그 점 역시 바지에 혈흔이 묻을 거라는 장벽에 부딪친다. 그 장벽을 넘기 위해 고민하다가 같은 바지를 입었다는 사실을 깨달으면서 답을 찾게 된다.

내가 생각에 잠겨 있는 사이 아린이 누나가 말했다.

"그럼 컨테이너 밀실 살인 사건의 범인은 이외인 씨를 제외한 두 사람 중 한 명이라는 말이지?"

"맞아요. 바지를 바꿔 입은 사람이 범인이죠. 현장 사진을 보니까 금방 알아보겠더라고요."

"누군데?"

나는 대답 대신 조성섭의 시신을 가리켰다. 현장 사진 속의 그는 발목까지 올라오는 바지를 입고 있었다. 체구가 작은 이외인 씨와 바꿔치기한 게 분명했다.

"그런데 왜 저 사람이 죽은 거지? 보통은 범인이 범행을 감추려고 살인을 저지르잖아."

"누군가가 조성섭이 진짜 범인이라는 사실을 알아차린 것 같아요. 그래서 복수를 한 거죠."

"그게 누군데?"

아린이 누나의 물음에 나는 고개를 갸웃거렸다.

"여기로 불러내서 살인을 저지른 걸 보면 안면이 있는 사람이 분명해요."

"그럼 자신도 모르는 사이에 바지가 바꿔치기된 이외인 씨가 범인일 거야."

"왜 그렇게 생각해요?"

내 물음에 아린이 누나는 조성섭의 시신을 힐끔거리면서 대답했다.

"저 사람 때문에 자기가 곤경에 처했잖아. 어쨌든 친구를 죽였으니까 복수를 했을 수도 있고."

"어쩌면 의외의 인물일 수도 있어요."

"누구?"

내가 대답을 하려던 찰나 창고 문이 덜컹거리면서 닫히는 소리가 들렸다. 그쪽으로 고개를 돌리자 누군가 햇빛을 등지고 서 있었다.

"지금 저 사람처럼요."

문을 닫은 상대방은 짐짓 모른 척하고 다가왔다.

"두 사람은 여기서 뭐하고 있어요?"

상대방의 물음에 나는 아린이 누나를 슬쩍 바라보면서 말했다.

"아린이 누나랑 얘기를 좀 하고 있었어요."

"어떤 얘기?"

"이번 사건에서 이상하다고 생각한 부분들에 대해서요. 또, 누가 조성섭 씨를 죽였는지도 궁금했고요."

"범인은 찾았니?"

"추리 소설에 많이 나오는 유명한 격언이 하나 있어요. 범인은 항상 범행 현장에 다시 나타난다."

"왜 그럴까?"

"자기가 저지른 예술을 감상하기 위해서겠죠."

"맞아."

짧게 대답한 한준오가 하얀 치아를 드러내며 웃었다. 섬뜩한 기분이 들었다. 아린이 누나도 마찬가지였는지 내 손을 잡고 천천히 뒤로 물러났다. 한준오가 한 손으로 짧은 머리를 쓰다듬으면서 다른 손으로 주머니에서 칼을 꺼냈다.

"그리고 자기가 저지른 예술을 감상하러 온 관객들을 또 다른 예술품으로 만들기 위해서지."

다소 장난기를 내비치던 눈빛은 어느덧 돌처럼 차가워졌다. 맹수의 눈빛을 닮은 한준오의 눈을 보면서 물었다.

"왜 죽인 거예요?"

"저 사람이 아버지를 죽인 범인이니까."

"아버지요?"

"그래. 원래 내 이름은 윤준오였어. 내가 어릴 때 어머니가 이혼하면서 성을 바꿨지. 어머니는 아버지가 나쁜 사람이라고 했지만, 어린 시절의 내 기억 속에서는 다정다감한 분이었어. 그래서 어른이 되면 찾아가려고 했는데 아버지가 돌아가셨다는 얘기를 듣고 미치는 줄 알았어. 어머니는 모르지만 아버지가 날 정말 아껴 주셨거든."

"그래서 섬으로 왔군요."

"운 좋게 프로그램에 참여할 기회를 얻었지."

"왜 조성섭을 범인으로 생각한 건가요?"

히죽 웃은 그가 누워 있는 조성섭의 시신을 바라보면서 대답했다.

"바지 얘기를 했을 때 놀라는 표정을 봤거든."

"그래서 중간에 슬쩍 사라져서 창고로 왔나요?"

"펜션을 떠나려는 조성섭에게 범인을 찾은 것 같으니까 창고에서 보자고 슬쩍 말했지. 제 발이 저렸으니 올 수밖에 없었지. 시신을 마네킹처럼 놔두면 당분간은 눈치채지 못할 거라고 생각했는데 일이 좀 꼬였네."

"나랑 아린이 누나까지 어떻게 되면 진짜 의심받게 될 텐데요?"

짐짓 태연한 척 얘기했지만 한준오는 콧방귀를 뀌었다.

"일단 너희 둘을 해치우고 펜션으로 가서 한 명씩 유인해서 다 없앨 거야. 어차피 정체를 감추는 게 어려우면 화끈하게 일을 벌이는 것도 나쁘지 않지."

목소리는 차분했지만 혼란에 빠진 듯했다. 다단계에 빠진 아버지가 전 재산을 탕진하고 집을 떠나기 전 우리에게 자기 잘못이 아니라고 변명으로 일관하던 때의 목소리와 너무나도 닮아 있었다. 한준오, 아니 윤준오는 칼을 든 채 점점 다가왔다. 마른침을 삼킨 나는 내 손을 꼭 붙잡은 아린이 누나에게 말했다.

"무전기로 다 들렸겠죠?"

그러자 아린이 누나가 주머니에 넣어 둔 무전기를 꺼내면서 대답했다.

"성능이 끝내준다고 했으니까 다 들렸겠지."

우리 둘의 대화를 듣고 어리둥절해하던 윤준오는 닫혔던 창고 문이 열리는 소리를 듣고는 고개를 돌렸다. 그곳에는 준혁 아저씨를 •비롯한 참가자들이 서 있었다. 손에는 무기가 될 만한 칼이나 몽둥이 같은 걸 하나씩 들고 있었다. 허탈한 표정을 지은 윤준오가 양쪽에 선 우리를 번갈아 보다가 묘한 웃음소리와 함께 칼을 떨어뜨렸다.

윤준오는 밧줄은 물론 접착테이프로 꽁꽁 묶여서 배에 태워졌다. 의기양양해진 준혁 아저씨는 어디론가 전화를 걸어서 한참 동안 자랑을 했다. 윤준오는 육지에 도착하자마자 경찰에게 체포되었다. 그리고 경찰과 과학 수사대 요원들을 태운 배가 섬으로 향했다. 두 사람을 실은 경찰차가 떠나는 것을 본 준혁 아저씨가 내게 다가와서 머리를 가볍게 한 대 쳤다.

"미친놈 같으니라고."

"시간이 없었잖아요."

살인이 벌어지고 부두로 내려가는 사람들의 진술을 들으면서 준혁 아저씨와 나는 범인을 점찍을 수 있었다. 길이 하나뿐이라 펜션에서 출발한 순서대로 부두에 도착하면서 서로의 알리바이를 확인해 줬는데 제일 마지막에 온 한준오만 불확실했다. 거기다 다른 때는 빨리 움직이던 그가 이번에만 제일 늦게 나갔다는 점도 의심스러웠다. 거기다 바지 얘기를 했을 때 움찔한 조성섭 씨를 노려보던 모습도 떠올랐다. 문제는 정확한 동기와 증거였다. 그래서 준혁 아저씨, 아린이 누나와 함께 함정을 파 놓고 기다렸다. 나와 아린이 누나가 자리를 벗어나고, 준혁 아저씨는 우리 두 사람이 증거를 찾았을지도 모른다고 넌지시 미끼를 던졌다. 그러면 불안해진 한준오가 현장에 나타날 것으로 예측한 것이다. 내가 한숨을 쉬는 사이 준혁 아저씨는 제일 늦게 배에서 내린 차 피디에게 다가갔다. 겸연쩍은 웃음을 짓던 차현수, 아니 진모태가 말했다.

"대단한 모험이었네요. 아마 시청자도 좋아할 겁니다."

"이걸 방영할 생각이십니까?"

"그럼요. 얼마나 스펙터클하고 대단한 사건인데요. 경찰이 풀지 못한 사건도 풀어냈고, 더군다나 살인범까지 잡았잖아요."

활짝 웃는 진모태에게 준혁 아저씨가 이죽거렸다.

"더불어 우리 셜로키언들이 망신살이 뻗칠 수도 있었고요."

"그건 최대한 잘 편집해 드리죠."

"안타깝지만 편집하기 전에 경찰서에 먼저 가셔야 할 겁니다."

"내가 왜요?"

눈을 동그랗게 뜬 진모태의 말에 준혁 아저씨가 씩 웃으며 말했다.

"배 타고 오는 동안 좀 알아봤더니 한준오 씨는 피해망상 증세로 정신병원에 입원해 있던 상태였다고 하더군요. 그런데 병원에 나타난 누군가가 퇴원시켰다고 하네요. 원래 가족 말고는 퇴원이 안 되는 걸로 알고 있는데 병원 측 말로는 나타난 사람이 방송국 신분증을 내밀고 협박해서 어쩔 수 없이 내보냈다고 하더군요."

준혁 아저씨가 배를 타고 오는 동안 배불뚝이 강 형사에게 전화를 걸어서 이것저것 물어본 것 같았다. 얼굴이 일그러진 진모태가 대꾸했다.

"협박이 아니라 협상이었습니다."

"어쨌든 위험할 수 있는 정신분열증 환자를 적법한 절차 없이 퇴원시켜서 일반인들과 함께 고립된 섬에, 그것도 며칠 동안이나 같이 지내게 했다는 건 명백한 사실이죠. 방송국의 높은 자리에 계신 분들이 이 사실을 알면 좋아하지는 않으실 것 같네요. 물론 다른 방송국에서는 몹시 좋아할 테지만요."

"이, 이봐요!"

파랗게 질린 진모태가 외치자 준혁 아저씨가 쏘아붙였다.

"조만간 경찰이 찾아갈 겁니다. 언론 탄압 같은 헛소리를 하면 우리도 가만있지 않을 겁니다."

통쾌한 표정을 지은 준혁 아저씨가 어쩔 줄 몰라 하는 진모태에게 비웃음을 날리고는 돌아섰다.

"여름에 먹는 팥빙수는 진짜 끝내주네요."

시원한 설빙에 앉아서 팥빙수를 먹으며 내가 중얼거리자 전화를 받느라 나갔다가 들어온 준혁 아저씨가 피식 웃었다.

"그래, 많이 먹어라."

"고생은 죽어라 했는데 결국 방송도 안 되고, 상금도 없네요."

"대신 진모태를 날려 버렸잖아."

"제 인생에는 별로 도움이 안 되는데요."

"살다 보면 뼈저리게 느낄 거야."

"윤준오는 어떻게 될까요?"

준혁 아저씨가 단호하게 말했다.

"법의 심판을 받겠지."

"정신 병력이 있어서 감형받는 건 아닐까요?"

"살인을 계획하고 실행에 옮긴 데다가 너랑 이아린 씨도 죽이려고 들었어. 정신병을 내세운다고 해도 안 먹힐 거야. 하지만 병력이 있으니까 법원에서도 감안은 하겠지."

"죽은 아버지는 구박을 했다고 하는데 정작 당사자는 사랑받았다고 느꼈다는 게 아이러니해요."

"어디서도 사랑을 받지 못해서 그랬던 것 같아. 안타까운 일이지."

"진모태는 어떻게 되었어요?"

"방송국에서 중징계가 내려질 모양이야. 막대한 제작비를 들였는데 프로그램은 찍지도 못했잖아. 정신병원에서 환자를 빼낸 것도 문제가 되었고 말이야."

"정말 죽을 뻔했는데 언론에는 한 글자도 안 나왔네요."

"워낙 사건 사고가 많은 나라잖아."

"그럼 이제 진모태 걱정은 안 해도 되는 건가요?"

"아마도."

그때 설빙의 문이 열리는 소리가 들렸다. 무심코 고개

를 든 나와 준혁 아저씨는 입을 다물지 못했다. 주홍색 티셔츠에 반바지 차림을 한 진모태가 입구 근처에 자리를 잡으며 우리를 바라보고 있었다. 준혁 아저씨가 무거운 목소리로 말했다.

"시련이 끝나고 이제 도전이 시작되려나 보다."

소설을 다 읽은 독자분들은 아마 주인공 민준혁을 저의 페르소나라고 생각하실 겁니다. 네, 제대로 보신 겁니다. 지금은 제가 전업 작가로 잘 지내고 있지만, 일이 잘 안 풀리던 시절에 '계속 이렇게 안 풀리면 몇 년 후 내 모습은 어떨까?'라고 상상한 모습이 딱 민준혁이기 때문입니다. 그렇다고 민준혁을 불쌍하거나 안타깝게 보실 필요는 없습니다. 적어도 자기가 하고 싶은 일을 하면서 지내고 있기 때문이죠. 민준혁처럼 탐정으로서 멋지게 활약하는 것은 저의 바람이자 꿈이었습니다. 바바리코트가 아니라 추리닝 자락을 휘날리며, 멋진 중절모 대신 야구 모자를 눌러쓰고 우리 동네에서 벌어지는 온갖 부조리한 일들을 해결하는 그런 탐정으로 말이죠. 그래서 『개봉동 명탐정』에 등장하는 사건 속에는 우리 주변에서 일어날 법한 소소한 일상이 담겨 있습니다. 제 이야기의 모티브는 신문이나 TV에 나온 사건, 사고나 동네에서 실제로 있었던 일들이 대부분입니다. 그리고 책을 쓰기 위해 사건 자료를 모으는 동안 깨달은 게 하나 있습니다. 범죄라는 것이 우리 주변에 얼마나 잘 숨어 있는지 일상의 범죄를 피하기 위해서는 항상 조심하고 주변을 살펴야 한다는 사실입니다.

첫 번째 이야기 「지켜 주는 자의 목소리」의 주인공은 말도 안 되게 허황된 것들에 빠져드는 우리 아이들입니다. 어른들은 바보 같은 짓이라며 아이들을 비난하고 손가락질하기 바쁘지만, 정작 아이들이 그런 것들에 빠져드는 이유를 이해하지 못한다면 비슷한 사건은 계속 반복될 수밖에 없습니다. 두 번째 이야기 「불타는 교실」은 학교에서 아이들이 어떻게 지내고 있는지를 상징적으로 보여 주는 작품입니다. 학교는 사회의 축소판이라고 해도 과언이 아닙니다. 우리 사회의 축소판 같은 학교가 지옥으로 변하게 된 데에는 어른들의 책임이 큽니다. 마지막으로 세 번째 이야기 「리얼리티 쇼」에는 모든 일상이 공개되고 영상 기록으로 남게 되는 현대인의 모습을 다소 비판적인 시각으로 바라보는 저의 시선이 담겨 있습니다. 실제 사건을 토대로 한 것은 아니지만 제목대로 그 어떤 이야기보다 더 생생함을 느끼시리라 기대합니다.

추리 소설을 쓸 때는 다양한 이야기를 담는 것도 중요하지만, 잔혹한 범죄 이야기를 다루는 만큼 무엇보다 우리 사회를 비판적으로 바라보고 범죄에 희생된 사람들의 아픔을 염두에 두어야 한다고 생각합니다. 『개봉동 명탐정』에서도 이 점을 간과하지 않으려고 나름대로 노력했습니다만, 판단은 전적으로 독자 여러분에게 달려 있습니다. 앞으로도 꾸준히 노력하겠다는 약속을 드리며, 아울러 저의 분신인 민준혁이 계속 활약할 수 있도록 따뜻한 격려와 응원을 보내 주시면 감사하겠습니다.

정명섭

바다로 간 달팽이 021

개봉동 명탐정

1판 1쇄 발행일 2019년 11월 27일 1판 2쇄 발행일 2020년 10월 19일
글쓴이 정명섭 • 펴낸곳 (주)도서출판 북멘토 • 펴낸이 김태완
편집 정인화, 김정숙, 조정우 • 디자인 안상준 • 마케팅 최창호, 민지원
출판등록 제6 - 800호(2006. 6. 13.)
주소 03990 서울시 마포구 월드컵북로 6길 69(연남동 567 - 11), IK빌딩 3층
전화 02 - 332 - 4885 • 팩스 02 - 6021 - 4885 • 이메일 bookmentorbooks@hanmail.net
페이스북 https://facebook.com/bookmentorbooks

ISBN 978-89-6319-338-0 03810

이 도서의 국립중앙도서관 출판예정도서목록(CIP)은 서지정보유통지원시스템 홈
페이지(http://seoji.nl.go.kr)와 국가자료공동목록시스템(http://www.nl.go.kr/
kolisnet)에서 이용하실 수 있습니다.(CIP제어번호: CIP2019045551)